Felix Mitterer

Kein Platz für Idioten

Felix Mitterer

Kein Platz für Idioten

Das Stück
und die Fernsehfassung

haymon verlag

Umschlaggestaltung: Heinz Hauser
Zeichnung auf der Vorderseite: Juliane Mitterer
Foto auf der Rückseite: Erika Hauri (Modern-Media)

Die Deutsche Bibliothek – CIP-Einheitsaufnahme

Mitterer, Felix:
Kein Platz für Idioten : das Stück und die Fernsehfassung.-
6. Aufl. - Innsbruck : Haymon-Verl., 2002
ISBN 3-85218-164-X

2. bis 5. Auflage 1995 bis 1999
6. Auflage 2002

Satz: Tau Type, Bad Sauerbrunn
Druck und Bindearbeiten: Wiener Verlag, Himberg

Das Stück

Mit Zeichnungen
von Juliane Mitterer

FELIX MITTERER
ANMERKUNGEN ZUM STÜCK „KEIN PLATZ FÜR IDIOTEN“

Im Jahre 1974 wurde in einem Tiroler Fremdenverkehrsort eine Mutter mit ihrem behinderten Kind aus einem Gasthaus gewiesen, weil der Wirt befürchtete, sein Geschäftsgang würde durch die Anwesenheit des Kindes leiden. Ich schrieb aus diesem Anlaß ein Hörspiel, das 1975 vom ORF-Studio Tirol produziert (Regie: Franz Hölbig) und 1976 gesendet wurde. Die Sprecher waren fast ausschließlich Mitglieder der Volksbühne Blaas in Innsbruck, ich selbst spielte den behinderten Buben. Vom Darsteller des „Alten“ (Albert Peychär) und von Helene Blaas, der Direktorin dieser Volksbühne, kam schließlich der Vorschlag, aus dem Hörspiel ein Theaterstück zu machen.
Die Volksbühne Blaas war und ist ein ganzjährig bespieltes, halbprofessionelles Theater mit den besten Volksschauspielern des Landes. (Einige Darsteller tauchten dann später immer wieder in meinen Filmen auf.) Der Spielplan besteht hauptsächlich aus traditionellen Bauernschwänken, aber zwei- bis dreimal im Jahr wird auch ein anspruchsvolles Stück aufgeführt. Im Zuschauerraum stehen Tische mit Stühlen, während der Vorstellung kann gegessen, getrunken und geraucht werden. Ich erkannte die Chance, daß ich an dieser Bühne vielleicht ein Publikum erreichen könnte, das sonst und an einem anderen Theater viel schwerer oder gar nicht zu erreichen ist. (Weil viele Menschen aus mir ganz verständlichen Gründen sich scheuen, einen der offiziellen Musentempel aufzusuchen. Ich selbst hatte auch lange Zeit das Gefühl, dort nichts verloren zu haben.)
Nachdem ich dem Stück einen 1. Akt hinzugefügt hatte, kam es im September 1977 zur Uraufführung, wieder mit mir in der Rolle des Buben. Es wurde ein sogenannter großer Erstlingserfolg. Der Kampf ums Publikum war allerdings manchmal hart, denn es befanden sich immer einige Besucher darunter, die gar nicht genau wußten, was auf dem Spielplan stand, die sich einen der üblichen Schwänke erwarteten und sofort zu lachen begannen, wenn ich zu Beginn des 1. Aktes mit einer Faschingsmaske vor dem Gesicht auf die Bühne kam. Aber das Lachen verstummte jedesmal bald, und keiner verließ unbeeindruckt die Aufführung. Zur gleichen Zeit wurde übrigens im Theater am Landhausplatz „Stallerhof“ von Kroetz gespielt, gewiß das größere und auch radikalere Kunstwerk, aber mit der geringeren Wirkung. Dort im Alternativtheater saßen die Studenten, die Intellektuellen, die ohnehin und von vorneherein der Meinung des Autors waren. Hier aber, an der Volksbühne, waren die Besucher ganz normale Menschen, mit

ganz normalen Vorurteilen. Und manche von ihnen begannen nachzudenken, nachdem sie die Geschichte des ausgestoßenen Buben gesehen hatten, und das war zumindest ein Beginn. Viele Diskussionen fanden statt. Behinderte kamen, erzählten von sich und wie sie von der Gesellschaft behindert wurden. Natürlich soll man die Wirkung eines Theaterstückes – der Literatur insgesamt – nicht überschätzen. Es kann diese Wirkung immer nur ein winziger Bestandteil der Bemühungen all jener Menschen sein, die guten Willens sind, die zu einer positiven Veränderung in unserer Gesellschaft beitragen wollen. Und „Kein Platz für Idioten" stellte damals so einen Bestandteil dar. Noch wichtiger war allerdings, daß damals die Behinderten selbst zum ersten Mal aufstanden – im wahrsten Sinn des Wortes – und sich zur Wehr setzten. Einiges hat sich inzwischen zum Positiven gewendet (die abgeschrägten Gehsteigkanten zum Beispiel gibt es), vieles liegt noch im argen, das Stück hat leider seine Aktualität nicht verloren.

*

DIE URAUFFÜHRUNG von „Kein Platz für Idioten" fand am 15. September 1977 an der Tiroler Volksbühne Blaas in Innsbruck statt. Regie führte Josef Kuderna, den Alten spielte Albert Peychär, den Jungen Felix Mitterer. In den weiteren Rollen: Resi Fritz (Möllinger-Bäuerin), Franz Paul Mattes (Wirt), Margit Hartmann (Kellnerin), Josef Pittl (1. Gast), Fritz Gogl (2. Gast), Walter Fleischmann (Gendarm), Kurt Blaas (Deutscher Gast), Evelyn Esterhammer (Frau des deutschen Gastes), Karl Holzer (1. Wärter), Otto Winter (2. Wärter).

DIE ZEICHNUNGEN zum Stück stammen von Juliane Mitterer (gest. 1992), der Adoptivmutter des Autors. Sie entstanden 1978 nach dem Besuch von Vorstellungen der Volksbühne Blaas in Innsbruck und dem Theater der Tribüne in Wien.

PERSONEN:

Alter
Junge
Möllinger-Bäuerin
Wirt (Bürgermeister)
Kellnerin
1. Gast
2. Gast
Gendarm
Deutscher Gast
Frau des deutschen Gastes
1. Wärter
2. Wärter

SCHAUPLÄTZE:

Bauernstube der Möllinger
Gasthaus
Zimmer des Alten

1. AKT

Sommer.
Bauernstube. Ein Fernsehapparat mit Videorecorder unter dem Herrgottswinkel, ein Spiegel links neben der Tür, ein Tisch in der Mitte. Fallenlassen eines Blechkübels auf dem Gang draußen, der Kübel rollt hörbar über den Boden, wird wieder aufgestellt. Wenig später öffnet sich langsam die Tür an der Rückwand, und der Junge betritt die Stube. Er ist barfuß, trägt eine alte, weite, zu kurze Hose mit Hosenträgern, ein zu großes Hemd und eine abgenützte Clownmaske vor dem Gesicht. Der Junge bewegt sich sehr schwerfällig und verkrampft. Nachdem er die Tür hinter sich geschlossen hat, bleibt er einen Moment stehen und schaut in Richtung Publikum. Dann will er ganz in den Raum hineingehen, sieht aber plötzlich den Spiegel neben der Tür und bleibt stehen. Langsam geht er auf den Spiegel zu, bis er mit der Nase der Maske fast daranstößt. Auf einmal schiebt er die Maske über den Kopf zurück und betrachtet sein Gesicht im Spiegel. (Das Publikum darf sein Gesicht dabei nicht sehen, was leicht zu machen ist, da der Junge ja mit dem Rücken zum Publikum steht und sein Gesicht sich dicht vor dem Spiegel befindet.) Während der Junge sich anschaut, befinden sich seine Hände am Spiegelrahmen. Die Hände rutschen in einer resignierenden Bewegung langsam am Spiegelrahmen hinunter, der Junge zieht schnell wieder die Maske übers Gesicht und wendet sich mit einem leisen Wehlaut vom Spiegel ab. Er geht langsam zur Rampe vor, schaut kurz übers Publikum hinweg, erblickt dann den Fernsehapparat und geht auf ihn zu. Er bleibt vor ihm stehen, beugt sich unschlüssig vor, weicht etwas zurück, streckt plötzlich die Finger nach der Einschalttaste aus, zuckt wieder zurück, klopft nervös die Hände zusammen, schaut zum Fenster, geht schnell hinüber, blickt aus dem Fenster, geht wieder zum Fernsehapparat, fährt zögernd mit der Hand hin, schaltet dann schnell ein, weicht zurück und schaut. Bild und Ton kommen, es läuft ein Spiel- oder Zeichentrickfilm. Der Junge setzt sich auf den Boden und schaut zu, kommentiert die Handlung mit ein paar unartikulierten Lauten, bewegt die Arme dazu. Plötzlich erschrickt er, schaut zum Fenster, steht auf, geht schnell zum Fenster, blickt hinaus, geht wieder zum Fernseher, dreht dann den Ton des Fernsehers ab. Er tritt wieder zurück, kniet sich hin und schaut. Draußen öffnet sich die Haustür, Schritte sind zu hören.

STIMME DES ALTEN: Is wer dahoam?

Der Junge erschrickt furchtbar, läuft zum Fernseher, schaltet ihn aus, sucht in panischer Angst nach einem Versteck, kriecht unter den Tisch. Die Tür öffnet sich, der Alte schaut herein, kommt in den Raum, schließt die Tür, bleibt unschlüssig stehen. Er hat einen Vollbart oder auch nur einen Schnurrbart und trägt abgenutzte Kleidung, wie sie auf dem Land getragen wird.

ALTER: Nojo, wart i halt a Pfeifen lang.

Er geht langsam zum Fenster, schaut hinaus, holt Pfeife und Tabaksbeutel hervor, schaut während des Stopfens aus dem Fenster, zündet die Pfeife an, holt eine Taschenuhr heraus, schaut nach der Zeit.

ALTER: Wern alle beim Heuen sein, wahrscheinlich.

Der Junge kauert verängstigt und zusammengekrümmt unter dem Tisch, schaut immer wieder zum Alten. Der Alte geht langsam auf die rechte Seite des Tisches, setzt sich auf den Stuhl, streckt die Beine aus und berührt mit einem Fuß die linke Hand des Jungen, der erschreckt aufschreit und zurückweicht. Der Alte schaut überrascht unter den Tisch und lacht auf.

ALTER: Ja, was is denn des? Ja, wen hamma denn da, ha? Gibts denn des a?!

Der Junge ist ganz starr vor Angst.

ALTER: A Faschingskasperl unterm Tisch! Ha? Mitten im Sommer! – Was tuast denn da, ha?

Der Junge weicht weiter zurück.

ALTER: Ja, was is denn? Hast vielleicht Angst vor mir? Ha?

Der Junge reagiert nicht.

ALTER: Vor mir brauchst doch koa Angst ham, Mandl! Kennst mi doch, oder? I bin der Plattl-Hans, woaßt nimmer?

Der Junge wendet sein Gesicht ab.

ALTER: Geh, mir ham uns doch schon öfter gsehn! – Kannst di nimmer erinnern, ha?

Der Junge schaut den Alten an, dieser steht auf, geht ein wenig weg, schaut unter den Tisch.

ALTER: Ah, jetzt komm doch außa da! Bist doch koa Hundl, oder?

Der Junge blickt unter dem Tisch hervor.

ALTER: Aber geh, vor mir brauchst wirklich koa Angst ham, Wastl! *(Zu sich:)* Armer Bua!

Der Alte geht zum Tisch, kniet nieder, der Junge weicht zurück.

ALTER: Geh, komm doch außa da, Mandl! Gschieht dir ja nix!

Der Alte greift nach dem Arm des Jungen, dieser weicht mit einem leisen Aufschrei weiter zurück und wendet seinen Kopf ab.

ALTER: Armer Heiter! I woaß scho, wia s' mit dir umgehn. I woaß scho. Is ja koa Wunder, daß d' a Angst hast. – Aber jetzt komm, geh doch außa da!

Der Junge krümmt sich mit abgewendetem Kopf ganz ins Eck, der Alte steht seufzend auf, setzt sich wieder. Er ist ratlos, schaut zum Jungen hinunter.

ALTER: Is dir die Larven nit z'hoaß, bei der Hitz, ha? Du muaßt ja ganz narrisch schwitzen drunter! – Sein s' alle beim Heuen draußen, was? Und du tuast 's Haus bewachen, gell?

Die Haustür öffnet sich, Schritte auf dem Gang, der Junge erschrickt, der Alte horcht, steht auf, geht zur Tür, öffnet sie.

ALTER: Griaß di, Bäuerin!

STIMME DER MÖLLINGER-BÄUERIN: Ah, der Plattl-Hans! Griaß di!

ALTER: I bin grad kommen, woaßt, war aber niemand da. Hab i ma denkt, wart i halt a bißl. Wär ja Mittag.

STIMME DER MÖLLINGER-BÄUERIN: Ja, woaßt, i hab ihnen's Essen außibracht. Uns pressierts. Mir müaßen schaun, daß ma's Heu einadabringen. Wart a bißl, i trag grad's Gschirr in die Kuchl. Setz di nieder derweil.

ALTER: Is guat. *(Geht wieder zum Tisch, setzt sich, schaut zum Jungen hinunter, schüttelt den Kopf.)* Mein Gott, Bua!

Die Möllinger-Bäuerin kommt herein, der Junge blickt nach ihren Beinen.

MÖLLINGER-BÄUERIN: Ah, ja. *(Sie setzt sich an die Rückseite des Tisches, mit dem Gesicht zum Publikum, wischt sich mit dem Handrücken über die Stirn, nimmt das Kopftuch ab.)* Woaßt, jetzt derpack ma's amal hint und vorn nimmer. Dauernd hats uns dreingregnet, die letzten Wochen! Schön langsam wär uns bald des Heu verfault auf die Schwedenreiter.

ALTER: *(setzt sich näher zum Tisch, als ob er den Jungen schützen wollte)* A grausiges Wetter war des, ja. Aber seit a paar Tag hoazts wieder owa, mei Liaber!

MÖLLINGER-BÄUERIN: Ja. A so a diesige Hitzen is des, a schwere. I trau dem Wetter nit ganz! Werd bald wieder was kommen. Jetzt fehlt uns grad no a Hagel. Nacha is der Troad a hin!

ALTER: Jaja, es stimmt oanfach nimmer mit'n Wetter. Als wenn die Natur an Grant hätt!

MÖLLINGER-BÄUERIN: So is es, ja. Hans, was is nacha? Hilfst uns?

ALTER: Freilich hilf i enk. Deswegen komm i ja her. Der Binder-Ernst hat ma's heut Vormittag ausgrichtet, daß ihr mi brauchts.

MÖLLINGER-BÄUERIN: Guat Hans. Zwoahundert, wie immer?

ALTER: Ja, guat.

MÖLLINGER-BÄUERIN: Frische Eier gib i dir dann a mit. Und wenn ma a Sau stechen, nacha kriagst a Trumm Fleisch.

ALTER: Is scho recht.

MÖLLINGER-BÄUERIN: So a zwoa Wochen tät ma di scho brauchen.

ALTER: Ja, guat. Versäumen tua i eh nix.

MÖLLINGER-BÄUERIN: Am gscheitesten is, du schlafst bei uns, weil um fünfe fangt der Bauer schon an mit'n Mähen.

ALTER: Guat.

MÖLLINGER-BÄUERIN: Machts dir was aus, wenn du glei heut no anfangst?

ALTER: Nana, macht ma nix aus. I geh glei außi mit dir.

MÖLLINGER-BÄUERIN: Na, du muaßt alloan gehn. I muaß jetzt dableiben. Wegen der Sau, woaßt. Die is heut soweit.

ALTER: Aha, gibts an Nachwuchs?

MÖLLINGER-BÄUERIN: Ja. Is eh scho über die Zeit. A lästige Warterei.

Der Alte klopft die Pfeife am Aschenbecher aus.

ALTER: Guat dann. Wo sein s' denn?

MÖLLINGER-BÄUERIN: Hinter der Kapellen, woaßt eh.

Der Alte steckt die Pfeife ein.

ALTER: Ah so, ja, woaß schon. Wer is'n aller draußen?

MÖLLINGER-BÄUERIN: Der Bauer und die Schneiter-Kathl und der Bua von meiner Schwägerin. Die Kathl richtet ja nimmer viel aus, mit ihrm Alter. Aber verlangen tuat sie nix. Außerm Essen. Der Bua is brav. Der kriagt dafür a Radl zum Schulanfang. *(Nachdenklich:)* A braver Bua. Der scho. *(Reißt sich aus den Gedanken.)* Hast überhaupt scho gessen?

ALTER: Jaja, hab i.

MÖLLINGER-BÄUERIN: Guat. Nimmst dir aus'n Schupfen an Rechen mit und a Gabel.

ALTER: Ja, mach i.

Kleine Gesprächspause. Die Möllinger-Bäuerin schaut gedankenverloren vor sich hin. Der Junge unter dem Tisch verharrt bewegungslos. Der Alte will aufstehen.

ALTER: Ja, nacha …

MÖLLINGER-BÄUERIN: Woaßt, Hans, mir hams wirklich nit leicht.

Der Alte setzt sich wieder.

MÖLLINGER-BÄUERIN: Es ist so an Haufen Arbeit! A echte Plag! Manchmal dersteh i's auf d'Nacht nimmer, vor lauter müad. Und dem Bauer gehts gleich. An runden Buckel hat er scho von der Schinderei. Und muaß nebenbei auf'n Bau arbeiten gehn, weils Geld hint und vorn nit langt. An neuen Traktor tät ma längst scho brauchen, aber es geht nit! – Seit a paar Monat leist ma uns aber trotzdem an Luxus. An Videorekorder hamma uns kauft, siehst eh. *(Deutet hin.)* Und der Karl hat ma die ganzen Sissi-Filme kauft, zum Geburtstag. Aber i komm nit dazua. Bis i fertig bin, is es meistens neune, und nacha bin i oanfach z'müad. Alles tuat ma weh. Jeden oanzelnen Knochen spür i. – Des is a Leben! Wenn ma wenigstens Kinder ghabt hätten. I moan, außer dem Nixnutz da.

Der Junge hebt den Kopf, schaut in Richtung Bäuerin.

MÖLLINGER-BÄUERIN: Dann hätt ma wenigstens a Hilf. A Arbeitskraft. Und koan unnützen Fresser. Aber so … Es ist scho a Unglück! So a Mißgeburt hamma müaßen in d'Welt setzen!

Der Junge senkt den Kopf, wird verkrampfter.

MÖLLINGER-BÄUERIN: Meiner Lebtag wer i mi schamen!

Der Alte ist unruhig, weil er den Jungen unter dem Tisch weiß.

ALTER: Aber deswegen darf ma des a nit dem Buam vergelten. Des is a nit richtig!

MÖLLINGER-BÄUERIN: *(leise)* I haß ihn! I sag dir's, i haß ihn!

Der Junge beginnt zu zittern, hält sich mit der rechten Hand das Ohr zu, die linke hält er vor den Mund.

MÖLLINGER-BÄUERIN: I woaß, daß es Sünd is, aber i haß ihn trotzdem!

ALTER: So darf ma nit reden, Bäuerin!

MÖLLINGER-BÄUERIN: Und der Bauer haßt mi, weil i den Buam auf d'Welt bracht hab. Des verzeiht er ma nia! Nia!

ALTER:Ah, geh, du kannst ja a nix dafür!

MÖLLINGER-BÄUERIN: Trotzdem! Trotzdem verzeiht er ma's nit! – Wia i den Buam haß! Des kannst dir gar nit vorstellen!

Der Junge stößt einen unterdrückten, schluchzenden Schrei aus, die Möllinger-Bäuerin schaut überrascht den Alten an, blickt dann unter den Tisch.

Zeichnungen von Juliane Mitterer zum 1. Akt

MÖLLINGER-BÄUERIN: Ja, was tuast denn du da? Ha? Schau, daß d'außa kommst! *(Stößt mit dem Fuß nach ihm.)*

MÖLLINGER-BÄUERIN: Aber dalli! No, werds bald?

Sie steht auf, geht um den Tisch herum, der Junge hält schützend die Hände vor den Kopf.

MÖLLINGER-BÄUERIN: Soll i den Pragger holen, ha?

ALTER: Geh, laß'n doch, Bäuerin! Was schimpfst denn so? Siehst nit, was er für a Angst hat?

MÖLLINGER-BÄUERIN: Ah was! Gehst außa jetzt oder nit?! *(Sie greift nach dem Arm des Jungen, zieht ihn heraus.)* Gehst außa?! Außa mit dir!

ALTER: Geh, Bäuerin! Laß'n doch aus!

Der Junge kniet am Boden, hält schützend die Arme vor den Kopf, die Bäuerin schaut haßerfüllt auf ihn hinunter.

MÖLLINGER-BÄUERIN: Der Saubua, der verdammte! *(Schreit ihn an:)* Krüppel, verreckter!

ALTER: Geh, Bäuerin …

MÖLLINGER-BÄUERIN: Grad umbringen könnt i ihn! – Was hast'n scho wieder de blöde Larven auf, ha?

Der Junge blickt zu ihr hoch, greift mit den Händen nach der Maske, will sie abnehmen, die Bäuerin stößt mit der flachen Hand nach der Maske, so daß der Junge zurückfällt.

MÖLLINGER-BÄUERIN: Laß sie nur oben! Bin eh froh, wenn i dei schiaches Gfrieß nit seh! Schau ma eh liaber die Larven an! Die is schöner wia dei Gsicht! Viel schöner, des kannst ma glauben!

ALTER: Na, so geht des nit, Bäuerin! So geht des wirklich nit! So darf ma a Kind nit behandeln!

MÖLLINGER-BÄUERIN: Kind? Des is doch koa Kind nit! A Strafe Gottes is des, aber koa Kind!

ALTER: Bäuerin!

MÖLLINGER-BÄUERIN: *(ignoriert den Alten)* Was sitzt denn da umanand am Boden, ha? Hast nix Bessers z'tuan? Was hab i dir denn angschaffen, ha? Was? Hab i dir nit angschaffen, du sollst oben die zwoa Kammern aufwaschen? Ha? Red, wennst gfragt werst!

Der Junge sieht die Bäuerin an, nickt heftig mit dem Kopf, streckt mehrmals die Arme mit geballten Fäusten von sich und zieht sie wieder zurück, dabei gibt er Laute von sich, die wie „jajaja" und „wischwisch" klingen.

MÖLLINGER-BÄUERIN: Was, du hast des scho gmacht?

Der Junge wiederholt das Vorige.

MÖLLINGER-BÄUERIN: Ja, da bin i aber gspannt! Wer i glei nachschaun! Werd halt alles wieder pitschnaß sein!

Der Junge senkt den Kopf.

MÖLLINGER-BÄUERIN: Alles oa Lacken! *(Zum Alten:)* Der is ja zum Bodenaufputzen no z'deppert! *(Blickt auf den Jungen.)* Was tuast denn da herinnen überhaupt, ha? Magst ma des nit verraten?!

Der Junge schaut sie an, hält die Arme schützend vor den Kopf, die Bäuerin blickt zum Fernsehapparat.

MÖLLINGER-BÄUERIN: Hast vielleicht wieder Fernsehn gschaut, ha? Was?

Der Junge schaut zu Boden.

MÖLLINGER-BÄUERIN: Laß di ja nit noamal derwischen, Mandl, i sags dir!

Die Bäuerin tritt näher zum Jungen, der hält die Arme wieder hoch.

MÖLLINGER-BÄUERIN: Weil nacha setzts was, des versprich i dir!

ALTER: *(begütigend)* Jetzt is doch koa Fernsehn nit, um die Zeit!

MÖLLINGER-BÄUERIN: Freilich is oans! I hab'n ja schon amal derwischt dabei.

ALTER: Daß er si damit auskennt? I könnt koan Fernseher einschalten.

MÖLLINGER-BÄUERIN: Werd er uns schon abgschaut ham. Manchmal hockt er da in der Stubn in an Eck, und mir merkens gar nit. Wia a Katz is er. Hat ja eigentlich eh nix z'suachen, da herin! Der soll si in der Kuchl aufhalten!

ALTER: Ah geh, wieso laßts'n denn nit Fernsehn schaun? I moan, mit enk, wenns eh a schauts, da wärs ja gleich, oder?

MÖLLINGER-BÄUERIN: Na, na, kommt ja gar nit in Frage! Er is so scho narrisch gnuag!

Der Junge schaut sie an.

MÖLLINGER-BÄUERIN: Der begreift ja eh nix, was da drin in dem Kastl vorgeht! Da werd er ja grad no depperter!

ALTER: No, i woaß nit …

MÖLLINGER-BÄUERIN: Aber freilich! *(Zum Jungen:)* Was schaust mi denn so an, ha? Was? Bettelst um a Fotzen, oder was? *(Schlägt ihm mit der flachen Hand auf den Hinterkopf.)* Geh, schau daß d' weiterkommst! I kann di nimmer sehn!

Der Junge will aufstehen, stolpert, fällt vor dem Alten hin, dieser steht auf, ergreift die Arme des Jungen, will ihm aufhelfen, der Junge stößt ihn weg, geht ein paar Schritte zurück und blickt den überraschten Alten an. Der Junge steht mit dem Rücken zum Publikum. Die Bäuerin schaut verärgert zu. Nach einer Weile geht der Junge langsam und verkrampft auf den Alten zu, bleibt dicht vor ihm stehen, faßt ihn mit der rechten Hand am linken Arm und mit der linken Hand an der rechten Rockseite, klammert sich krampfartig fest und bricht dann mit einem dumpfen Laut in die Knie.

MÖLLINGER-BÄUERIN: So, jetzt is es wieder amal soweit! *(Sie geht zum Jungen hin.)*

ALTER: Was hat er denn?

Die Möllinger-Bäuerin nimmt dem Jungen die Maske ab, wirft sie auf den Tisch.

MÖLLINGER-BÄUERIN: So an komischen Anfall hat er wieder! *(Sie versucht, die Finger der rechten Hand des Jungen zu lösen, es gelingt ihr nicht.)* Siehst, total steif is er! De Finger bringst nit weg! Da müaßast sie abbrechen! *(Schreit den Jungen an:)* Laß aus! Auslassen sollst! Hörst nit? Auslassen! *(Zum Alten:)* Siehst, nutzt nix! Nutzt überhaupt nix! – Sonst fallt er ja immer auf'n Boden. Aber des is ganz was Komisches! Bei meiner Schwägerin hat er des a scho zwoamal gmacht. Von der is a die Faschingslarven. Und jedsmal bringt sie ihm an Schuglad mit! Von uns kriagt de Krot nia a Schuglad! *(Sie schlägt dem Jungen auf den Kopf.)* Magst nit auslassen, ha? Du!!

ALTER: Geh, hör doch auf! Des hat ja koan Sinn, des Schlagen!

Die Möllinger-Bäuerin geht hinter dem Tisch auf die linke Seite.

MÖLLINGER-BÄUERIN: Ah geh, wenn er nit auslaßt, des Sauviech, des! *(Sie bleibt stehen, schaut wütend weg.)*

ALTER: *(hebt den rechten Arm und streichelt dem Jungen über den Kopf)* Was is denn? Was is denn, ha, Mandl? Was hast denn? Ha? Armer Bua!

Er streicht ihm fortwährend über den Kopf, plötzlich beginnt der Junge zu zittern, sein Krampf löst sich, er schluchzt laut auf, die Bäuerin blickt her, die Arme des Jungen fallen herunter, weinend – es ist ein befreiendes Weinen – birgt er seinen Kopf am Bein des Alten, der ihn begütigend an sich drückt.

ALTER: Is scho guat! Is scho guat, Mandl! Is ja scho guat! Is scho guat!

2. AKT

Spätherbst.
Wirtshaus. Zwei Türen; die erste in der Mitte der Rückwand, die zweite links hinten, diese als Durchgang immer offen. Drei Tische; der erste an der Rückwand links neben der Eingangstür, der zweite in der hinteren rechten Ecke, der dritte – ein kleinerer – vorne an der rechten Wand in einer Art Nische. Am ersten Tisch links sitzen rauchend und trinkend der 1. Gast, der 2. Gast und ein Gendarm in Zivil. Der 1. Gast sitzt rechts, der 2. Gast auf der Bank an der Rückwand mit dem Gesicht zum Publikum, der Gendarm sitzt links.

1. GAST: *(zum Gendarmen)* Des woaßt aber schon, daß ihr mitverantwortlich seids! Oder?

GENDARM: Was? Was soll denn das hoaßen? Wer is ihr?

1. GAST: Wer des is? Ihr, ihr seids des! Die Gendarmerie!

GENDARM: Spinnst du? Wieso denn?

1. GAST: Weil allgemein bekannt war, enk natürlich a, daß der Viechhandler immer bsoffen mit'n Auto unterwegs is! Oder is dir des was Neues?

GENDARM: Na ja, sicher hammas gwußt! Sicher! Wenns nach mir gangen wär, nacha hätt i ihm scho längst den Führerschein abgnommen! Aber was soll i denn machen? Wenn unser Postenkommandant sein bester Spezi war? Was hätt i denn tuan sollen? Ha? Fertig gmacht hätt er mi, der Kommandant!

1. GAST: A Sauerei is des! A bodenlose Sauerei! Sowas ghört anzoagt!

2. GAST: *(leicht betrunken)* Geh, was regst di denn auf, Lois?! Jetzt is er eh hin, der Viechhandler! Mit sein fetten Mercedes, mit sein fetten! Des Schwein hab i eh nia schmecken können!

1. GAST: Ja, der Viechhandler is hin! *(Trinkt sein Weinglas leer.)* Aber der im andern Auto a! Der nix dafür kann! Und zwoa Schwerverletzte! Is des nix? A Sauerei is des! *(Ruft in Richtung Durchgang:)* Traudl! Traudl!

STIMME DER KELLNERIN: Ja, was is?

1. GAST: Geh, bring ma no a Viertele Roten!

STIMME DER KELLNERIN: A Viertele Roten? Glei!

2. GAST: Und was is mit mein Gulasch, ha? Müaßts erst die Sau abstechen, oder was?

STIMME DER KELLNERIN: Glei! Glei! Werst es woll derwarten! I hab a nur zwoa Händ!

2. GAST: Ah so?

Ein deutsches Touristenpaar im mittleren Alter kommt durch die Eingangstür herein.

DEUTSCHER GAST: Guten Tag, die Herrn!

Die drei grüßen zurück, die deutschen Gäste hängen ihre Mäntel an die Garderobehaken links neben der Eingangstür und setzen sich an den rechten hinteren Tisch, der Mann an die rechte Seitenwand, die Frau an die Rückwand. Sie vertiefen sich in die Speisekarte. Die Kellnerin kommt mit Gulasch und Wein beim Durchgang herein.

KELLNERIN: A Viertl Roten, bittschön! *(Stellt dem 1. Gast den Wein hin, und das Gulasch dem 2. Gast.)* Und da hast dei Gulasch.

2. GAST: Zeit werds!

KELLNERIN: Jaja, werst scho nit verhungern! *(Sieht die deutschen Gäste, geht zu ihnen.)* Grüß Gott! Die Herrschaften wünschen?

DEUTSCHER GAST: Wir nehmen zwei Wienerschnitzel. Mit Pommes frites.

KELLNERIN: Ja. Und zum Trinken?

DEUTSCHER GAST: Elfriede?

FRAU DES DEUTSCHEN GASTES: Ein kleines Helles trink ich.

DEUTSCHER GAST: Ja, mir auch, bitte.

KELLNERIN: Zwei Schnitzel-Pommes frites, zwei Bier. Bitteschön, die Herrschaften!

Sie wendet sich von den Touristen ab, die Eingangstür öffnet sich, der Alte und der Junge kommen herein.

KELLNERIN: Ah, der Plattl-Hans! Griaß di!

ALTER: Griaß Gott beinand!

Die Kellnerin verschwindet im Durchgang. Der Alte und der Junge tragen abgenützte Mäntel, der Junge außerdem eine schwarze Mütze und eine billige Brille, bei der das linke Glas blind ist. Der Junge wird vom Alten an der Hand geführt und bewegt sich weit weniger verkrampft als im ersten Akt.

1. GAST: Griaß di!

GENDARM: Servus, Hans!

Der Alte knöpft den Mantel des Jungen auf.

1. GAST: A wieder amal unterwegs mit dein Schützling, was?

ALTER: Ja – komm, Mandl *(zieht dem Jungen den Mantel aus, nimmt ihm die Mütze vom Kopf)* – a wieder amal unterwegs. Weil Sonntag is. *(Hängt den Mantel auf, zieht den eigenen aus.)*

1. GAST: Sowieso! Laßts enk nur was zuakommen! Man lebt nur oamal!

ALTER: *(hängt seinen Mantel auf)* So is es, ja.

Der 2. Gast schaut den Alten und den Jungen spöttisch an. Auch die deutschen Gäste schauen interessiert, die Frau tuschelt mit dem Mann.

ALTER: So, komm, Mandl! Setz ma uns da umi! *(Der Alte nimmt den Jungen an der Hand, will mit ihm vorgehen.)*

2. GAST: Du, Hans!

ALTER: *(dreht sich um)* Was is, Adi?

2. GAST: Du, sag amal, wia schaust denn du heut aus?

ALTER: Wia soll i denn ausschaun?

2. GAST: Wia du ausschaust? Du kommst ja daher wia a Uhu nach an Waldbrand!

Der Gendarm lacht, die deutschen Gäste schauen neugierig, haben aber nicht verstanden, was der 2. Gast meinte.

ALTER: Komm alleweil gleich daher! Du schaust a nit grad aus wia der Erzengel Gabriel!

Der 1. Gast schmunzelt, der Gendarm lacht.

2. GAST: Aber a so a schiacher Teufel wia du bin i lang no nit!

ALTER: Wart nur, bist du so alt bist wia i! Guat, daß i des nimmer derleb, wia du nacha ausschaust! Komm, Mandl!

Der 1. Gast schmunzelt, der Gendarm lacht. Der Alte geht mit dem Jungen zum Tisch rechts vorne.

GENDARM: Der Hans bleibt dir nix schuldig, was, Adi? Der is nit aufs Maul gfallen!

2. GAST: Der werd aber bald aufs Maul fallen, wenn er no lang so blöd daherredt!

1. GAST: Geh, Adi, hör doch auf!

Die Kellnerin kommt mit dem Bier und dem Besteck für die deutschen Gäste beim Durchgang herein. Der Alte führt den Jungen an die rechte Seite des Tisches, weist ihm den Platz an der Wand zu, der Junge setzt sich.

2. GAST: *(zum Alten schauend)* Von dem alten Deppen laß i mi nit pflanzen!

ALTER: Des will i liaber nit ghört haben, Adi! *(Setzt sich mit dem Gesicht zum Publikum an den Tisch.)*

GENDARM: Aber, Adi! Wer hat denn angfangen mit der blöden Rederei? Du hast ja zerst die Goschen aufgrissen, oder? Wennst selber nix derleidst, dann sei ruhig!

2. GAST: I bin ruhig, wenns mir paßt, Schorsch! Laß dir des gsagt sein!

KELLNERIN: *(hat zugehört, verliert die Geduld)* Tuast scho wieder stenggern, Adi, ha? Wenn dir's Bier scho in Kopf gstiegen is, dann geh hoam! *(Die Kellnerin geht zum Alten.)*

2. GAST: *(ruft herüber)* I geh hoam, wann i will, verstanden?!

KELLNERIN: *(am Tisch des Alten, ruft zurück)* Des wer ma sehn!

ALTER: Aber laß'n doch! Is eh nur a Gspaß! Kennst'n doch, an Adi!

KELLNERIN: Mir geht der Gspaß auf d'Nerven! – Nacha, was kriagts ihr zwoa?

ALTER: Ja – i kriag a Bier und a Schnapsl, und für'n Buam bringst a Paarl Würstl und a Kracherl.

KELLNERIN: Guat, bring i glei. *(Die Kellnerin geht in Richtung Durchgang.)*

ALTER: *(ruft ihr nach)* Und so Schnitten, wennst hast! Waffelschnitten!

KELLNERIN: *(dreht sich um)* Ja, hab i.

GENDARM: Geh, Traudl, bring ma no a Bier!

KELLNERIN: A Bier.

2. GAST: Und mir a!

KELLNERIN: *(schaut den 2. Gast prüfend an)* Aber a Ruah muaß sein, verstanden?!

2. GAST: *(schwadroniert)* Sowieso! Sowieso! A Ruah muaß sein! Da gibts nix! Eine solchene Ruah werd sein, daß es gar nimmer ärger geht!

Die Kellnerin winkt spöttisch lächelnd ab und verschwindet im Durchgang.

2. GAST: Eine Grabesruah werd da sein! *(Der 2. Gast lacht, wird dann unvermittelt grantig.)* Nit amal im Wirtshaus darfst di mehr a bißl ausleben! Was? Da brauch i ja nit ins Wirtshaus gehn, wenn i nacha mei Goschen halten muaß! Nit? Da muaß was los sein! Da muaß es aufgehn! Nit? Ja. I versteh eh an Spaß. Sowieso! Aber nit von dem Rübezahl da enten, von dem verpatzten. Wenn i den scho seh, mit sein depperten Buam, mit dem depperten!

GENDARM: Ah geh, Adi …

Der Alte hat inzwischen seine Pfeife gestopft, der Junge darf sie ihm anzünden. Dann zieht der Junge ein Blatt Papier aus seiner Rocktasche, der Alte gibt ihm einen kurzen Bleistift, den er aus einer Westentasche hervorsucht. Während an den beiden anderen Tischen geredet wird, zeichnet der Junge, zeigt das Blatt immer wieder dem Alten, dieser erklärt, verbessert, lobt den Jungen usw.

2. GAST: Ah was, a so oan Buam da, den sollt man ja gar nit einalassen, ins Wirtshaus! A so an Deppn, der was alles anspeibt! Des oanemal speibt er alles an, des andremal kriagt er an Anfall und kugelt am Boden umanand! A so oaner dürft von Rechts wegen ja gar nit ins Wirtshaus eina!

1. GAST: Aber geh, gib doch an Frieden! Des is eh nur oamal vorkommen, daß er da an Anfall kriagt hat! Und des mit'n Speiben is a scho mindestens oa Jahr her. Da herin hat schon öfter oaner gspieben! *(Mit Anspielung auf den 2. Gast:)* Aber vor lauter Rausch! Is eh a armer Bua! Kann ja nix dafür!

2. GAST: I sag ja nit, daß er was dafür kann!

1. GAST: Ja, eben nacha …

2. GAST: Ja, aber mit so oan geht ma nit ins Wirtshaus! Der ghört ja ins Narrenhaus! Der is ja deppert! *(Deutet zum Jungen hinüber:)* Schau dir'n an! Der, der …

Der 2. Gast verstummt plötzlich, weil beim Durchgang die Kellnerin mit dem Essen für die deutschen Gäste hereinkommt.

KELLNERIN: *(stellt die Teller hin)* Mahlzeit, die Herrschaften! *(Geht wieder in Richtung Durchgang, dreht sich um.)* Kriagts sofort euer Zeug, Hans!

ALTER: I scho guat! Mir hams nit eilig!

Die Kellnerin geht ab. Die deutschen Gäste beginnen zu essen.

2. GAST: *(redet sofort weiter)* Ja, des is meine Meinung! Der Bua ghört da nit eina! A so an Anblick kann ma ja koan normalen Menschen zuamuten! Und in an Wirtshaus a no! Wo Gäst sein!

(Deutet mit dem Kopf auf den Nebentisch; leiser:) Habts gmerkt, wia de zwoa Fremden zerst gschaut ham?

GENDARM: Wieso? Was?

2. GAST: Weil er ihnen unhoamlich is, der Bua! Die Frau is ganz kasweis worden, wie s' ihn gsehn hat!

1. GAST: *(lacht)* Geh, geh, was du nit alles siehst!

Die drei unterhalten sich weiter, aber so, daß nur ein Gemurmel zu hören ist.

DEUTSCHER GAST: Schmeckt nicht schlecht, was, Elfriede?

FRAU DES DEUTSCHEN GASTES: Oh ja, sehr gut! Und noch relativ billig, nicht?

DEUTSCHER GAST: Und ob! Das Essen ist fast um die Hälfte billiger und die Pensionspreise auch. Ich hab's dir ja gesagt! Wenn man heutzutage noch einigermaßen billig Urlaub machen will, dann muß man dort hingehen, wo's nur wenig Fremdenverkehr gibt.

FRAU DES DEUTSCHEN GASTES: Na ja, du mußt aber auch bedenken, daß jetzt noch Zwischensaison ist. Da sind die Preise überall niedriger.

DEUTSCHER GAST: Das schon. Aber trotzdem nicht so billig wie hier.

Pause. Sie essen.

FRAU DES DEUTSCHEN GASTES: Ein wenig fad ist mir aber schon. Überhaupt nichts los! Kein Tirolerabend, nichts!

DEUTSCHER GAST: Ich brauch keinen Tirolerabend. Ich will meine Ruhe haben, weiter nichts! Und die hab ich hier.

Die Frau schweigt etwas mißmutig. Sie essen. Die Frau blickt zum Jungen hin, stößt ihren Mann an, deutet mit dem Messer zum Jungen.

FRAU DES DEUTSCHEN GASTES: Der junge Bursche da ... Wie der dreinschaut, was?

DEUTSCHER GAST: *(blickt kurz zum Jungen)* Ein Idiot ...

FRAU DES DEUTSCHEN GASTES: Da kriegt man's ja direkt mit der Angst zu tun!

DEUTSCHER GAST: Mach dich nicht lächerlich! Vor dem brauchst du keine Angst haben! Scheint der Dorftrottel zu sein. Harmloses Individuum. Ist wahrscheinlich hochgradig debil. Solche Leute soll es ja nicht wenige in den Alpen geben. Hab ich jedenfalls gehört. Durch Inzucht, nehme ich an. Oder durch Zeugung im Alkoholrausch.

FRAU DES DEUTSCHEN GASTES: Inzucht? Glaubst du, das gibt es noch?

DEUTSCHER GAST: Na ja, ob das heute noch der Fall ist ... Aber früher soll das hier häufig vorgekommen sein. Deshalb die vielen debilen Kinder.

FRAU DES DEUTSCHEN GASTES: Aha. – Der Alte wird wohl sein Großvater sein, was?

DEUTSCHER GAST: Anzunehmen, ja. Schaut auch ziemlich pittoresk aus. Gefällt mir gut. Ein Gesicht hat der, wie aus einem Wurzelstock geschnitzt!

Die Kellnerin bringt zwei Bier zum linken Tisch, geht wieder ab.

FRAU DES DEUTSCHEN GASTES: Ja, genau! Du, übrigens, wir müssen uns sowas kaufen. Drüben im Souvenirladen hab ich solche Schnitzereien gesehen. Ganz niedliche Sachen sind da dabei. Sowas könnten wir zu Hause im Wohnzimmer aufhängen. Würde sich gut machen.

Die Kellnerin kommt mit einem Tablett herein, auf dem sich das vom Alten Bestellte befindet.

DEUTSCHER GAST: Ja, keine schlechte Idee.

KELLNERIN: *(stellt das Gewünschte auf den Tisch des Alten)* So, da habts enker Zeug! Laß dir's schmecken, Wastl!

Der Junge hat Papier und Bleistift weggelegt, schaut die Kellnerin lächelnd an, nickt mit dem Kopf. Die Kellnerin geht ab.

ALTER: So, Mandl! Paß auf, die Würstl sein hoaß!

Der Junge nickt, nimmt ein Würstel, fährt damit im Senf herum, lacht den Alten an.

ALTER: Nit mit'n Senf umanandapatzen! Tua schön essen, Mandl!

Der Alte schenkt dem Jungen Limonande ins Glas, trinkt von seinem Bier, stopft die Pfeife von neuem und entzündet sie.

2. GAST: *(schaut zum Jungen herüber, der schnell ißt)* Jetzt schauts enk des an! Wia er's einipampft, der Giftzwerg! Als ob er scho drei Wochen nix mehr kriagt hätt!

Die deutschen Gäste schauen auch herüber.

1. GAST: Laß'n pampfen! Bists ihm neidig?

2. GAST: I bins ihm doch nit neidig! I sag ja nur! Des muaßt dir anschaun! Der frißt ja wia a Viech! A Schand is des!

1. GAST: Ja, laß'n doch, Himmelherrgott! Schau nit hin, wenns di stört!

2. Gast: Es geht ja nit um mi! Verstehst? Es geht ja nit um mi!

1. Gast: Um wen nacha?

2. Gast: *(leise)* Um die Fremden! Um die Fremden! Glaubts ihr, des is a Reklame für uns? Da muaß ma si ja schamen!

Gendarm: Was du für an Schmarrn redst, Adi! Wegen die zwoa Fremden! Des is doch denen Wurscht!

1. Gast: Moan i a!

2. Gast: Na, des is denen nit Wurscht, wenn da so a trensata Heudepp herumsitzt.

1. Gast: Woaßt was, Adi? I wett an Liter Roten mit dir, daß denen des Wurscht is!

2. Gast: Oan Liter? Oan Liter? Guat! Eingschlagen!

Sie geben einander die Hände.

2. Gast: *(zum Gendarm)* Die Gendarmerie is Zeuge!

Gendarm: Jaja, is scho guat.

2. Gast: Nacha wer i s' glei fragen, de zwoa!

1. Gast: Tua des!

2. Gast: Und ob i des tua! *(Er steht auf.)*

1. Gast: Da bin i ja gspannt!

Der 2. Gast schaut zu den deutschen Gästen, gibt sich einen Ruck, geht leicht schwankend zu ihnen, stützt sich mit beiden Händen auf den Tisch.

2. Gast: Äh, Entschuldigung, die Herrschaften, dürft i die Herrschaften was fragen?

Deutscher Gast: *(etwas unangenehm berührt)* Ja, bitte?

2. Gast: Äh, ja … Moment bitte!

Er holt sich vom linken Tisch einen Stuhl, trägt ihn zum Tisch der Deutschen, setzt sich hin.

2. Gast: Ja … I möcht Ihnen äh, fragen, ob's Ihnen was ausmacht, daß der Bua, der Dings da drüben *(deutet auf den Jungen)*, der Depperte da drüben, ob Ihnen des was ausmacht?

Deutscher Gast: Wie meinen Sie das?

2. Gast: No, i moan, ob er Sie nit stört?

Deutscher Gast: Stört? Nein. Eigentlich nicht.

Frau des Deutschen Gastes: Na, entschuldige, Dieter, gerade appetitlich ist das nicht beim Essen!

DEUTSCHER GAST: Aber du siehst ihn doch gar nicht! Er sitzt ja ums Eck!

FRAU DES DEUTSCHEN GASTES: Trotzdem! Ich weiß, daß er da ist!

DEUTSCHER GAST: Na, jetzt mach aber einen Punkt!

FRAU DES DEUTSCHEN GASTES: Okay, okay, ist ja gut! Von mir aus!

DEUTSCHER GAST: *(zum 2. Gast)* Also, Sie hören, wir haben uns geeinigt! Der Junge stört uns nicht!

2. GAST: Ah, nit?

DEUTSCHER GAST: Nein.

2. GAST: Wirklich nit?

DEUTSCHER GAST: Nein, wirklich nicht!

2. GAST: Ja, dann … *(steht umständlich auf.)* Nix für unguat, äh, Wiederschaun!

DEUTSCHER GAST: Jaja, schon gut!

Der 2. Gast trägt seinen Stuhl wieder zurück, setzt sich auf seinen Platz, stiert vor sich hin. Der 1. Gast und der Gendarm, die alles beobachtet haben, schauen ihn grinsend an.

DEUTSCHER GAST: *(während der 2. Gast zurückgeht; leise)* Was soll denn das, Elfriede? Der Mann ist doch betrunken! Wenn wir sagen, der Junge stört uns, dann wirft er ihn hinaus, es kommt zum Krawall und gibt nur Unannehmlichkeiten!

GENDARM: *(grinsend)* Ja, nacha? Was is? Hast nix zum berichten?

2. GAST: Ja, freilich stört er sie! Aber sie traun sich's nit z'sagen.

1. GAST: Geh, geh! Lüagst wieder!

2. GAST: Wenn i dir's sag!

GENDARM: Mach koane Schmäh, mir ham ja zuaghört!

2. GAST: Was hoaßt da Schmäh, des sein koane Schmäh, merk dir des!

1. GAST: *(begütigend)* Reg di nit auf, Adi! Sag ma, es is unentschieden ausgangen! Du zahlst an halben Liter, i zahl an halben Liter! Trinken tuan ma'n gemeinsam! Einverstanden?

2. GAST: Von mir aus! Aber gerecht is des nit!

Der Junge ist mit den Würsteln fertig.

ALTER: No, hats dir gschmeckt?

Der Junge nickt lächelnd.

ALTER: Ja, nacha!

Zeichnungen von Juliane Mitterer zum 2. Akt

Der Junge nimmt das Glas und trinkt.

ALTER: Laß dir nur Zeit mit'n Kracherl, gell, Mandl! – Soll i dir die Schnitten aufmachen?

Der Junge schüttelt den Kopf, nimmt die Schnitten, sucht den Aufreißfaden, reißt auf.

2. GAST: *(Richtung Durchgang)* Traudl! Bring an Liter Roten! Hast mi verstanden?

STIMME DER KELLNERIN: Ja, hab i!

2. GAST: Nacha is's guat!

ALTER: Woaßt, Mandl, da darfst dir nix drausmachen, wenn uns die Leut nachschaun.

Der Junge steckt sich Waffelschnitten in den Mund, schaut den Alten an.

ALTER: Sein eh nur die Fremden. Die Einheimischen kennen uns ja. Die denken si nix mehr dabei. Die meisten halt, nit. Aber die Fremdengäst … Manche schaun uns an wia's siebte Weltwunder! Dabei samma überhaupt koa Weltwunder, was, Mandl? Aber mach dir nix draus. Sie moanens eh nit bös. Sie schaun halt. Da brauchst dir nix drausmachen. Und mit die Einheimischen wer i scho fertig, wenn s' blöd reden! Da is ma koaner über! So gscheit wia die bin i alleweil no!

Die Kellnerin bringt den Liter Wein zum linken Tisch, geht wieder ab.

ALTER: Da fahr i an jeden übers Maul, kann kommen, wer will! Solang i bei dir bin, brauchst di nit fürchten, Mandl! Und wenns hart auf hart geht, *(blickt zum linken Tisch hinüber)* nacha hau i mit der Faust da no alleweil a paar Zähn ein, wenns sein muaß! Umsonst hats nit ghoaßen, der Plattl-Hans hat Pratzen wia a Türkenkochpfann!

Der Wirt kommt bei der Eingangstür herein.

WIRT: Griaß Gott! Habts alles, was's brauchts?

1. GAST: Ah, der Herr Wirt und Bürgermoaster laßt si a wieder amal anschaun!

Der Wirt sieht den Alten und den Jungen, ignoriert sie aber. Er wendet sich an die deutschen Gäste.

WIRT: Grüß Gott, die Herrschaften! Sind Sie zufrieden? Alles in Ordnung?

DEUTSCHER GAST: Danke, ja, wir sind zufrieden! Könnte nicht besser sein!

WIRT: Fein! Fein! Wünsche noch einen schönen Aufenthalt! *(Wendet sich an den linken Tisch.)* Habts no a Platzl für mi?

2. GAST: Sowieso! *(Rückt auf der Bank zur Seite.)* Setz di her da! I muaß eh was reden mit dir, woaßt!

WIRT: *(setzt sich)* Ah so?

Die Kellnerin kommt beim Durchgang herein, bringt dem Wirt einen Kognak.

KELLNERIN: Dei Kognak, Chef!

WIRT: Dankschön, Traudl!

Die Kellnerin geht ab.

WIRT: Prost, die Herrn! *(Trinkt.)*

GENDARM: Nacha, Bürgermoaster, wia schauts aus?

WIRT: Alles fertig! Gestern hamma die Probefahrt gmacht!

Während des folgenden Gesprächs beginnt der Junge wieder auf das Blatt Papier zu zeichnen, der Alte zeichnet auch etwas usw.

GENDARM: Und? Gehts guat?

WIRT: Piggobello!! Alles einwandfrei! Maximale Förderleistung zwölfhundert Schifahrer in der Stund!

GENDARM: Gewaltig!

WIRT: Nächsten Sonntag is die offizielle Einweihung. Dekan, Bezirkshauptmann, Schützen, Musik, alles da!

2. GAST: Zeit is eh worden, daß ma an ordentlichen Lift kriagt ham! Ohne Lift koane Gäst!

WIRT: Genau! Wenns nach mir gangen wär, dann hätt ma den Lift scho lang! Des könnts ma glauben! Aber ihr wißts es eh, wia's zuagangen is.

2. GAST: Jaja.

WIRT: Zerst hat si der Sonnleitner dagegen gspreizt, daß ma die Lifttrassen über sein Grund baun, dann hat der Krimbacher protestiert, weils durch sein Wald hätt gehn solln! Was der für an Zauber gmacht hat wegen die paar Baam! Ham eh boade großzügige Entschädigungen kriagt!

1. GAST: Na ja, so großzügig …

WIRT: Ja, sicher, zerst hätten s' mehr kriagt! Sein aber selber schuld! Der Krimbacher tragt dem Vertreter von der Liftgesellschaft a Fotzen an, und der Sonnleitner bedroht den Baggerführer sogar mit'n Gwehr! Wo samma denn? Wegen zwoa so Dickköpf, so damische, geht nix weiter! Die leben da oben am Berg, ham koa Ahnung vom Tuten und Blasen und sein um fünfazwanzg Jahr hinten! Die ham total die neue Zeit verschlafen!

GENDARM: Des ham s', ja! Wenns nach denen ging, nacha hätt ma heut no Petroleumliacht und koan Traktor und nix!

WIRT: Ja, genau! De sollen si eingraben lassen, da oben!

1. GAST: Wia schauts mit die Schneekanonen aus?

WIRT: Is scho durch! Nächste Wochen gehts los!

2. GAST: Ma, super! Da schiaß ma dann den Schnee außi, daß es nur so tschindert!

Die Kellnerin kommt herein, der deutsche Gast winkt ihr, sie geht hin, kassiert und geht wieder ab. Die deutschen Gäste stehen auf, gehen zur Garderobe, ziehen ihre Mäntel an, verlassen grüßend das Lokal. Der Wirt und die Gäste grüßen zurück. Das geschieht alles, während der Wirt mit den drei Leuten am Tisch redet. Wenn die deutschen Gäste gehen, muß er eben seinen Text unterbrechen, grüßen und dann im Text fortfahren.

WIRT: Ja – und im Frühjahr möcht i mei Lokal umbaun!

GENDARM: Ah, da schau her!

WIRT: Jaja, es is oanfach z'kloan! Im Keller unten wer i a Kegelbahn einbaun! Und a Diskothek!

2. GAST: Ah so?

WIRT: Jaja. Wißts eh, mit bunte Lichter und Negermusik und so.

GENDARM: Für die jungen Leut, nit?

WIRT: Ja. Und heroben wer i dann Heimatabende veranstalten. Mit Schuachplattler und so, wißts eh!

2. GAST: Siehst, des gfallt ma! Du bringst an Schwung in die Sach! Seit du Bürgermoaster bist, gehts mit uns aufwärts!

WIRT: *(lacht)* Ja, i hoff, ihr vergeßts des nit bei der nächsten Wahl!

2. GAST: Bestimmt nit! Drauf kannst di verlassen! – Du, aber was i dir sagen wollt, Bürgermoaster, bevor i's vergiß! Findest du des richtig, daß der Plattl-Hans olleweil mit sein Deppen daher kommt?

1. GAST: Jetzt fangt er scho wieder an!

2. GAST: Ja, was macht denn des für an Eindruck auf die Gäst, nit? Boade, der Alte und der Junge, stinken wia die Goaßböck, der Bua trenst auf die Tischdecken und speibt umadum!

1. GAST: Jetzt hörst aber schon auf amal!

WIRT: Nana, da hat er nit ganz unrecht! Bis jetzt is es ja nit so tragisch gwesen, weil ma wenig Fremde ghabt ham. Und er tuat ja niemanden was, der Bua.

1. GAST: Ja, eben nacha, eben!

WIRT: Ja, aber in Zukunft, da hat der Adi scho recht ... Es macht halt scho koa guats Bild!

2. GAST: Des moan i eben a!

WIRT: Was müaßen denn die zwoa überhaupt ins Wirtshaus gehn? Des Würstel kann der Hans dem Buam dahoam a hoaß machen!

GENDARM: Dahoam schmeckts nit so guat!

WIRT: Wenn ma's recht bedenkt, nacha ghörat der Bua sowieso ins Narrenhaus! Wär viel gscheiter!

2. GAST: Genau des, was i immer sag! Wer woaß, ob der nit gemeingefährlich werd mit der Zeit. Nit? Des kann ma nia sagen! Er schaut eh schon so komisch drein! Da laufts oan ja kalt übern Buckl, wenn oan der anschaut!

1. GAST: Ah geh, geh, hast vielleicht Angst vor dem Biabl?

2. GAST: Na, i nit, i nit! Aber ma woaß ja nit. Kann ja, kann ja a Haus anzünden, oder sowas, nit? Des woaß ma nia! Sowas liest ma immer wieder in der Zeitung! Vom Hausanzünden! Und die Fremden fürchten sich a. Die Deutsche, was zerst da war, hat ma's selber gsagt!

1. GAST: Is ja gar nit wahr!

2. GAST: Sowieso!

WIRT: Was? De da ghockt sein, zerst?

2. GAST: Ja, genau de!

WIRT: Ah so? Ja, was hats denn gsagt, die Deutsche?

2. GAST: No, daß a Angst hat! Is ja koa Wunder!

GENDARM: Ah, du übertreibst scho wieder, Adi!

2. GAST: Was übertreib i? Nix übertreib i!

1. GAST: Sowieso übertreibst!

Der Alte steckt seine Pfeife und den Bleistift ein, der Junge gibt das Blatt Papier in seine Rocktasche.

WIRT: Na, na, er hat scho recht! Wia komm denn i dazua, daß i ma von de zwoa die Gäst ausgrausigen laß?

2. GAST: Genau!

Der Alte und der Junge stehen auf, wollen gehen.

WIRT: Ja, des mach ma kurz und schmerzlos! *(Er steht auf.)* Des hamma glei erledigt!

Der Wirt geht zum Alten, sie treffen in der Mitte des Raumes aufeinander.

WIRT: Griaß di, Hans!

ALTER: Ah, der Herr Bürgermeister! Griaß di!

WIRT: Bleib no a bißl sitzen, i muaß was reden mit dir!

ALTER: Ah so? Ja, bittschön.

Der Wirt holt sich den freien Stuhl.

ALTER: Setz di wieder hin, Mandl, werd nit lang dauern!

Setzen sich wieder, der Wirt nimmt auf dem Stuhl Platz, den er sich geholt hat.

ALTER: Nacha, Bürgermoaster?

WIRT: *(zögernd)* Ja …

Die Kellnerin schaut herein.

KELLNERIN: Will no oaner was?

WIRT: Ja, Traudl, bring dem Hans a Glasl Roten auf mei Rechnung! Und mir a!

KELLNERIN: Is guat, Chef! *(Geht ab.)*

ALTER: Oha, seit wann bist denn du so großzügig?

WIRT: Ja, mei … Ja, äh … Also, Hans, was i dir jetzt sag, des darfst nit persönlich auffassen! I hab nix gegen di!

ALTER: Des is fein. I hab a nix gegen di.

WIRT: Äh, ja … Wo bleibt denn die mit unsern Wein?

Kellnerin bringt den Wein.

WIRT: Aha, kommt scho!

KELLNERIN: So, bittschön! *(Geht wieder ab.)*

WIRT: Also, Hans, Prost dann, sollst leben! *(Hebt das Glas hoch.)*

ALTER: Prost, du a.

Die beiden trinken, setzen die Gläser wieder ab.

WIRT: Mir kennen uns scho lang, was, Hans?

ALTER: Ja, freilich! I kenn di schon, da hast du no in die Hosen gschissen!

WIRT: *(lacht gezwungen)* Ja, so kann ma a sagen! – Äh, du woaßt, daß i immer was für di übrig ghabt hab, Hans. I hab dir a den Posten als Wegmacher verschafft, wia du dei Hufschmieden hast auflassen müaßen. Des stimmt ja, nit?

ALTER: Stimmt, ja.

WIRT: Und i hab dir a a Wohnung zuakommen lassen, wia dir's Häusl abbrennt is. Stimmts?

ALTER: Stimmt. Allerdings war des a ziemlich feuchts Loch, des muaßt a zuageben! Da wollt eh koa anderer eini! Mei Frau hat si dort den Tod gholt! Des muaßt a zuagebn!

WIRT: Was willst denn, du hast dann eh a schöns Zimmerl kriagt, beim Möllinger-Bauern!

ALTER: Ja, weil i die Pflege vom Buam übernommen hab! Und i hilf ihnen a immer wieder bei der Arbeit. Außerdem war des schöne Zimmerl a Machkammer über der Waschkuchl, wo der alte Bauer seine Rechen gschnitzt hat. Des hab i ma erst umbaun müaßen und a Liachtleitung legen und so!

WIRT: Jaja, aber … jedenfalls hast jetzt a Gratiswohung, und an Butter kriagst kostenlos und Eier und was woaß i no alles, und die Renten bleibt dir!

ALTER: I könnt eh kaum leben von der Renten! Du woaßt ja, daß i die Zeit nit beisammen hab. Die paar Jahr als Gemeindewegmacher ham mi a nimmer außergrissen! Mit der Renten könnt i ma nit amal 's Mehl für die Einbrennsuppen kaufen!

WIRT: Ja, eben nacha! Dann sei froh, daß d' es so guat derwischt hast! Was willst'n mehr?

ALTER: I will, daß ihr aufhörts, so zu tuan, als ob ihr ma a Gnad erweisats! Ihr tuats grad so, als kriagat i an Almosen von euch! I hab meiner Lebtag ehrlich gschuftet und grackert! Mehr, als du jemals schuften werst! I hab nia um was bettelt und wer a nia um was betteln, solang i leb! Liaber brich i ma die Zung! Liaber verhunger i!

WIRT: Jetzt, Hans, schau …

ALTER: Jaja! Und die Möllinger moanen, sie sein die besten Christenmenschen, weil sie mir den Buam zur Pflege geben ham und i dafür Lebensmittel und Logis kriag! Aber des stimmt ja gar nit, Bürgermoaster! Die Möllinger, die wollten nit mir an Gfallen tuan, na, na! Die wollten nur den Buam losham! Verstehst! Weil er ihnen z'lästig war! Weil er ihnen zviel Arbeit gmacht hat!

Die Kellnerin ist hereingekommen, geht zum Wirt.

KELLNERIN: Du, Wirt, i brauch die Kellerschlüssel!

WIRT: Ah so?

KELLNERIN: Ja, der Wein is nämlich aus.

WIRT: *(holt die Schlüssel heraus, gibt sie ihr)* Da hast sie.

Die Kellnerin geht zur Eingangstür.

WIRT: *(ruft ihr nach)* Nehmts aber den richtigen!

KELLNERIN: Jaja, i woaß scho! *(Geht ab.)*

ALTER: Verstehst mi, Bürgermoaster? Der Bua war ja zu nix nutz! Er hat nit amal ordentlich den Stall ausdermistet, geschweige denn Holz derhackt oder was halt so z'tuan is! Und vor allem hat er si gfürchtet! Vorm Traktor hat er si gfürchtet und vor die Küah und vor die Eltern, vor alle Menschen! Er war oanfach zu nix nutz! Und deswegen, Bürgermoaster, ham s' ihn mir geben, und nit, weil sie so christliche Menschen sein und an alten Mann was Guates tuan wollten! Des möcht i a grad amal gsagt haben!

WIRT: Was erzählst'n des mir? Erzähl des de Möllinger!

ALTER: Des geht di genauso an, als Bürgermoaster! Und no was sag i dir: Des hätt nit sein müaßen, daß der Bua so worden is, na, na, des hätt nit sein müaßen! Ganz selber sein s' schuld gwesen, die Möllinger, daß es alleweil schlimmer worden is mit ihm, statt besser! Sie ham ihn ja von kloan auf gschlagen! Jeder hat'n ghaut. Hat er ins Bett brunzt, nacha hat'n zerst die Muatter mit'n nassen Leintuch hergfotzt und dann no der Vater mit'n Leibriemen! Weil sie gmoant ham, des nutzt was, de saublöden Leut! Dabei hat er immer öfter ins Bett brunzt, je mehr sie'n ghaut ham! Und je mehr sie'n ghaut ham, desto öfter hat er seine Anfälle kriagt! I woaß es ja, wia's zuagangen is! I hab ja scho früher manchmal ausgholfen bei ihnen! Wenn er umgfallen is, ham s' ihn liegenlassen, wo er glegen is! Der werd scho wieder aufstehn, ham sie gsagt! Nutzt eh nix! Mir können eh nix machen! Herrgott, ham sie neben ihm gsagt, Herrgott, warum hast du uns denn so strafen müaßen, daß du uns so a Unglück schickst! Wär er doch glei tot auf die Welt kommen, wär besser gwesen! Ham sie gsagt! Neben dem Buam!

Der Junge hat den Kopf gesenkt, kämpft mit den Tränen.

ALTER: Und wenn er was sagen wollt, ham s' ihm's Maulhalten angschafft, weil er sich so schwer tan hat mit'n Reden! Ja, da hat er nacha überhaupt nix mehr gredet. Alleweil stiller is er worden, und alleweil mehr Angst hat er kriagt. Ja, manchmal hat er si den ganzen Tag im Heu oben versteckt und is erst am Abend wieder außakrochen, wenns dunkel worden is! Und koa Mensch hat nach ihm gfragt! Koa Mensch! Koaner hat si kümmert um ihn! Und wenn er amal nimmer auftaucht wär, dann wär ihnen des eh's Liabste gwesen!

WIRT: Du, Hans …

ALTER: Jaja! Er hat koa Ahnung ghabt von der Welt. Er hat gmoant, die Welt hört hinterm Berg auf! I hab ihm ja erst alles zoagen müaßen und sagen, wia's hoaßt. Ja, er hat nit amal gwußt, was a Haselnuß is, was a Butterblume is, oder a Reh oder a Fuchs. Sie ham ihm ja verboten, daß er außigeht! Und wenn Bsuach kommen is, von auswärts, nacha hams'n in Keller gsperrt, wia a wildes Viech! Weil sie sich so gschamt haben, wegen ihm! Des muaßt dir vorstellen!

WIRT: Aber in d'Schul hamma'n gschickt!

ALTER: Ja freilich, wia des mit der Schul gwesen is, des woaßt du ganz genau! Mit zehn Jahr hams'n in die erste Klaß gebn! Nach drei Tag hat'n der Lehrer scho wieder hoamgschickt, mit an Zettel für die Eltern, daß der Bua unfähig is, irgendwas zu lernen. Der Bua is oanfach zu dumm, hat er gsagt, der Lehrer! Schwachsinnig is er! Der werd nia a Wort schreiben oder lesen können, dafür legt er sei Hand ins Feuer, der Lehrer! Jetzt wer i amal hingehen zu ihm, zum Lehrer! Dann wer i ihn bei der Hand nehmen, wer mit ihm zum Ofen gehn und sagen: So, Herr Lehrer, jetzt leg dei Hand ins Feuer, wiast es versprochen hast! Der Bua kann jetzt nämlich lesen und schreiben! Und mehr als oa Wort! Ja, fast den halben Reimmichl-Kalender hab i scho glesen mit ihm!

WIRT: Des glaub i nit!

ALTER: Ja, des is doch uns gleich, ob du des glaubst oder nit! *(Schaut den Jungen an:)* Was, Mandl?

Der Junge lächelt.

ALTER: Jetzt hab i den Buam zwoa Jahr bei mir. Nach an dreiviertel Jahr hat er scho des ganze Alphabet auswendig können. Und's Einmaleins kann er a scho! Der Bua is nämlich gar nit so blöd, wia ihr moants! Und a nit so ungschickt! Jetzt stellt er si ganz vernünftig an! *(Schaut den Jungen an.)* Was, Mandl? Den ganzen Sommer hamma ihnen heuer beim Heun gholfen! Und ins Bett macht er a nimmer. Und die Anfälle sein a viel seltener worden! So is des, Bürgermoaster!

Kleine Pause. Dem Bürgermeister ist alles sehr lästig und unangenehm.

WIRT: Ja, Hans, jetzt hast ma dei Predigt ghalten, und jetzt muaß i dir was sagen!

ALTER: Ah, richtig, du wolltest mir a was sagen! Bittschön!

WIRT: Also, wia gsagt, i hab nix gegen di und dein Buam! Aber i möcht di doch bitten, daß d' nimmer in mei Lokal kommst mit ihm!

Der Junge schaut den Wirt groß an.

WIRT: Versteh mi richtig …

ALTER: *(nickt langsam)* I versteh di ganz guat, i bin ja nit schwerhörig.

WIRT: Versteh mi richtig, Hans!

ALTER: I versteh di richtig, i versteh di! Lokalverbot! Wegen befürchteter Fremdenverkehrsschädigung! Hab i di richtig verstanden?

WIRT: Es is mir ja selber z'blöd, Hans! Aber die Gäst! Verstehst? Es kommen jetzt immer mehr Gäst, durch den neuen Lift, nit? Und, und wenn du da mit dem Buam … Ja, ihr seids ja wirklich koa erfreulicher Anblick! Für die Gäst, moan i!

ALTER: I versteh! Komm, Mandl, gemma! Zahlen tuan ma draußen!

Der Alte und der Junge stehen auf, gehen zur Garderobe.

WIRT: Der Wein geht auf mei Rechnung!

ALTER: I zahl mei Zech scho selber! Soweit langts scho no! Komm, Mandl!

Er nimmt den Mantel des Jungen herunter, hilft ihm hinein. Der Junge schaut verwirrt und dem Weinen nahe den Wirt an.

WIRT: Wiast moanst! Tuat ma leid, Hans! Nix für unguat!

ALTER: Is scho recht, Bürgermoaster! Des is der Fortschritt! Da kann ma nix machen! Dem Fortschritt wolln mir zwoa nit im Weg stehn! Was, Mandl? Wär ja glacht!

Der Alte nimmt seinen Mantel herunter. Der 1. Gast und der Gendarm schauen etwas bedrückt, der 2. Gast grinst. Der Wirt steht auf, geht zum Alten, hält ihm die Hand hin.

WIRT: Ja, alsdann: Pfiat di, Hans! Wennst amal was brauchst …

ALTER: *(ignoriert die Hand)* I brauch nix. I glaub, i brauch nix mehr. *(Zieht seinen Mantel an.)* I wünsch dir halt alles Guate, gell! Bist a tüchtiger Bürgermoaster! Jaja, sowas wia di braucht unser Dorf! Oan, der's Gschäft versteht, woaßt!

WIRT: Ja – alsdann, pfiat di! *(Geht schnell beim Durchgang ab.)*

ALTER: So, Mandl, Kappen aufsetzen, gell. Es is kalt draußen! *(Setzt ihm die Mütze auf; zu den Gästen:)* Pfiat enk!

Der Alte öffnet die Tür, geht vor.

1. GAST: Pfiat di, Hans! Servus, Wastl!

Der Junge will dem Alten nachgehen, der 2. Gast faßt ihn am Arm, hält ihn zurück. Der Junge schreit erschreckt auf, will sich losreißen.

2. GAST: Du, Biabl, i moan, du hast a nur an Kopf, damit's dir nit in Hals einiregnet!

ALTER: *(erscheint wieder in der Tür)* Du, laß den Buam aus, sonst fangst oane!

2. GAST: *(läßt los)* Aber, Hans, doch nit so gach! I tua ihm scho nix, dein liaben Biabl!

ALTER: Ja, des möcht i dir a nit raten! Komm, Mandl, gemma!

Gehen ab.

GENDARM: *(ruft dem Alten nach)* Darfst ihm nit bös sein, Hans, der hat ja selber an kloan Dachschaden!

2. GAST: *(wütend)* Du, sag des noamal, nacha hau i dir den Kruag da ins Gfrieß!

1. GAST: Ja, Herrschaftsseiten, gib doch amal a Ruah! Des is ja nimmer zum Aushalten mit dir …

3. AKT

Anfang Dezember.
Kleines Zimmer. Sehr beengt. Man sieht ihm an, daß es eine Bastelkammer war. Hinten eine Tür, links ein kleines Fenster. Rechts an der Wand ein Stockbett, an der Kopfseite ein altes Nachtkästchen, auf dem sich ein Transistorradio und ein kleiner Adventkranz befinden, von dem zwei Kerzen bereits ein Stück abgebrannt sind. Links von der Eingangstür ein alter Kasten. An der linken Wand ein Herd mit Ofenrohr, dahinter – vom Herd zur Rückwand – ein Abstelltisch und eine selbstgezimmerte Geschirrstellage darüber. Auf einem Hocker an der Wand links vor dem Herd eine Waschschüssel mit einem weißen Wasserkrug darin. An einer Wand ein Abreißkalender; er zeigt den 9. Dezember. In der Mitte des Raumes ein Tisch. Darauf ein Aschenbecher und ein Flötenputzer. Rechts ein Hocker, ein

zweiter an der Rückseite des Tisches. Irgendwo steht ein Schokolade-Nikolaus. Der Junge sitzt mit dem Gesicht zum Publikum rechts vor dem Tisch am Boden. Er trägt Hemd, zu kurze Hose mit Hosenträgern und Filzpantoffeln. Der Junge spielt auf einer Blockflöte den ersten Teil von „Hänschenklein". Er spielt zwar nicht sehr gut, aber doch ziemlich flüssig. Der Junge beendet die Melodie, setzt die Flöte ab, schaut über das Publikum hinweg.

JUNGE: Der Dati is aber lang aus heut! Lang aus! *(Singt:)* Der Dati is aber lang aus heut! *(Fragt mit plötzlichem Ernst:)* Wann kommt er denn? Kommt er nit bald, ha? *(Blickt wieder vor sich hin; beruhigt:)* A woll, kommt ja bald! Woll! Woll! *(Er spielt wieder eine Melodie auf der Flöte, eventuell „Ein Männlein steht im Walde". Schritte draußen. Der Junge setzt die Flöte ab, lauscht.)* Dati! *(Er steht auf, legt die Flöte auf den Tisch, geht in Richtung Tür.)* Dati!

Er bleibt erwartungsvoll stehen, der Alte kommt mit einem Rucksack am Rücken herein.

JUNGE: Dati! Griaß di, Dati!

ALTER: *(nimmt den Rucksack ab)* Griaß di, Mandl!

Der Junge nimmt ihm den Rucksack ab, stellt ihn auf den Tisch.

ALTER: Schön spielst! *(Zieht den Mantel aus.)* Ja, ma hört di scho von weitem! Schön spielst! *(Hängt seinen Mantel auf, zieht den Rock aus, hängt ihn ebenfalls auf.)*

JUNGE: Schön, ha?

ALTER: Ja, du hast ja a richtige Begabung zum Flötenspielen! Und die Deppen da enten halten di für an Deppen!

JUNGE: Schön spiel i!

ALTER: *(setzt sich auf den hinteren Hocker)* Ja, schön spielst!

Der Junge setzt sich auf den rechten Hocker, der Alte beginnt seine Schuhe auszuziehen.

ALTER: Ja, später amal kauf i dir a Zugin!

JUNGE: Zugin?

ALTER: Ja, a Ziehharmonika! Des kennst no nit, gell?

JUNGE: Kenn i nit! Ziehharmonika?

ALTER: Ja, Ziehharmonika! Woaßt, des is a Instrument. Des woaßt ja, nit? A Musikinstrument. Mit Musikinstrumente macht ma Musik.

JUNGE: Musikinstrumente!

ALTER: Ja, wia unser Musikkapellen. De kennst eh. Dia spielen Blasinstrumente.

JUNGE: Blasinstrumente?

ALTER: Richtig. Zum Beispiel dei Flöten, des is auch a Blasinstrument. Weilst da einiblasen muaßt.

JUNGE: Ah, einiblasen! *(Bläst einen Ton auf der Flöte.)*

ALTER: Ja, genau! Aber bei der Zugin brauchst nit einiblasen, weil da is a Blasbalg drin.

JUNGE: Blasbalg?

ALTER: Ja, a Blasbalg. Aber des is zu kompliziert zum Erklären!

Der Alte steht auf, stellt seine Schuhe weg, schlüpft in die Filzpantoffeln. Der Junge nimmt die Flöte auseinander, reinigt sie mit dem Flötenputzer.

ALTER: Des siehst nacha scho, wia des funktioniert. Jetzt tuast amal Flötenspielen lernen, und später dann wer i dir beibringen, wia ma Noten liest. *(Er öffnet den Rucksack, nimmt einige Lebensmittel heraus, trägt sie zum Abstelltisch.)*

JUNGE: Noten?

ALTER: Noten, ja! Woaßt, nach denen spielt ma. Da is die Melodie aufgschrieben. Mit Zeichen und so.

JUNGE: Zeichen! Aufgschrieben!

ALTER: Zeichen, ja. *(Er nimmt Kakao aus dem dem Rucksack.)* So, aber jetzt mach ma uns an guaten Kakao, gell!

JUNGE: Ah, guat! Kaukau! *(Der Junge steckt die Flöte wieder zusammen.)*

ALTER: Ja, freilich, mir müaßen ja dein siebzehnten Geburtstag feiern, nit?

JUNGE: *(strahlend)* Mein Geburtstag!

ALTER: *(tätschelt dem Jungen die Wange)* Ja, freilich! Heut vor siebzehn Jahr bist du auf die Welt kommen!

JUNGE: *(lachend)* Bin i auf die Welt kommen!

ALTER: *(greift in den Rucksack)* Ja. Jetzt schau, was i dir da mitbracht hab! *(Stellt einen Gugelhupf auf den Tisch.)* An Tuschtn! An Guglhupf!

JUNGE: *(nimmt den Guglhupf in die Hände)* An Guglhupf! Guat! *(Läßt den Guglhupf auf den Händen hüpfen.)* Guglhupf-hupf! *(Lacht.)*

ALTER: *(lacht auch, nimmt den Rucksack vom Tisch, hängt ihn an die Wand, geht zum Herd, öffnet die Tür)* Hamma no a Feuer? Woll, hamma no. Die Kohlen halten lang an! *(Er nimmt einen Topf, schüttet Milch hinein, stellt den Topf auf die Herdplatte.)* So.

JUNGE: Entlein!

ALTER: Was sagst?

JUNGE: Entlein! *(Steht auf, geht zum Nachkästchen, nimmt ein Buch heraus, hält es dem Alten hin.)* Schiaches Entlein!

ALTER: Ah so! Soll i dir vorlesen?

JUNGE: Vorlesen, ja!

ALTER: *(nimmt das Buch)* Guat, lies i dir a Stückl vor, bis die Milch hoaß is.

Der Junge setzt sich erwartungsvoll auf den rechten Hocker, der Alte holt seine Brille aus dem Rock, setzt sich an die Rückseite des Tisches, mit dem Gesicht zum Publikum, setzt die Brille auf, schlägt das Buch auf, sucht die Stelle.

ALTER: Wo hamma denn aufghört gestern, ha?

Der Junge schaut ins Buch, sucht auch.

ALTER: Ah! Da, moan i! Wia sie ordentlich gehn lernen, die Enten. Wo die oane's häßliche Entlein beißt.

JUNGE: Ja, beißt!

ALTER: Also, nacha! Wo sein ma? Da. *(Beginnt zu lesen:)* „Laß es in Ruhe!" sagte die Mutter. „Es tut niemandem etwas." „Ja, aber es ist zu groß und zu ungewöhnlich", sagte die beißende Ente, „und darum muß es gepufft werden." „Es sind hübsche Kinder, die Sie da hat", sagte die alte Ente mit dem Lappen um das Bein, „allesamt schön, bis auf das eine, das ist nicht geglückt; ich wünschte, daß Sie es umarbeiten könnte." „Das geht nicht, Ihro Gnaden", sagte die Entenmutter, „es ist nicht hübsch, aber innerlich ist es gut, und es schwimmt so herrlich wie keins von den andern, ja, ich darf sagen, noch etwas besser; ich denke, es wird hübsch heranwachsen oder mit der Zeit etwas kleiner werden; es hat zu lange im Ei gelegen und darum nicht die rechte Gestalt bekommen!" Und sie zupfte es im Nacken und glättete das Gefieder. „Es ist überdies ein Enterich", sagte sie, „und darum macht es nicht soviel aus. Ich denke, er bekommt gute Kräfte, er schlägt sich schon durch." „Die anderen Entlein sind niedlich", sagte die Alte, „tut nur, als ob ihr zu Hause wäret, und findet ihr einen Aalkopf, so könnt ihr ihn mir bringen."

JUNGE: Aalkopf?

ALTER: Ja, Aalkopf. Des is a Fisch, woaßt, der Aal.

JUNGE: Aal!

ALTER: Ja, Aal hoaßt ma den. *(Liest weiter:)* Und so waren sie wie zu Hause. Aber das arme Entlein, das zuletzt aus dem Ei gekrochen war und so häßlich aussah, wurde von den Enten und von den Hühnern gebissen, gepufft und zum besten gehabt.

JUNGE: Gepufft?

ALTER: Gepufft, ja. *(Stößt mit der Faust gegen den Oberarm des Jungen.)* So. Des hoaßt ma puffen. *(Liest weiter:)* „Es ist zu groß!" sagten alle, und der Truthahn, der mit Sporen zur Welt gekommen war und darum glaubte, daß er Kaiser sei, plusterte sich auf wie ein Fahrzeug mit vollen Segeln ...

JUNGE: Truthahn woaß i!

ALTER: Richtig, ja! Den hab i dir ja zoagt, auf an Bild, gell!

Der Junge nickt.

ALTER: *(liest weiter)* ... wie ein Fahrzeug mit vollen Segeln, ging gerade auf das Entlein los, und dann kollerte er und wurde ganz rot am Kopfe. Das arme Entlein wußte weder, wo es stehen noch gehen sollte; es war so betrübt, weil es so häßlich aussah und vom ganzen Entenhof verspottet wurde. So ging es den ersten Tag, und später wurde es immer schlimmer. Das arme Entlein wurde von allen gejagt, selbst seine Geschwister waren so böse zu ihm und sagten immer: „Wenn die Katze dich nur fangen möchte, du häßliches Stück!"

JUNGE: Häßliches Stück!

ALTER: *(liest weiter)* Und die Mutter sagte: „Wenn du nur weit fort wärst!" *(Der Alte hört auf zu lesen, blickt nachdenklich vor sich hin, schaut den Jungen an.)*

JUNGE: *(traurig)* Fort wärst.

ALTER: Ja.

Die beiden schauen sich ein paar Augenblicke schweigend an. Der Alte gibt sich einen Ruck.

ALTER: Aber i hab dir eh scho gsagt, Mandl, daß aus dem häßlichen Entlein a schöner Schwan werd.

JUNGE: Schöner Schwan!

ALTER: Ja, freilich! *(Klappt das Buch zu, schaut zum Herd.)* So, jetzt mach ma uns aber an Kakao, gell! Später lies i dir dann weiter vor. *(Der Alte steht auf, geht zum Herd, gibt Kakao in die Milch, rührt um.)* So.

JUNGE: *(will aufstehen)* Schalelen …

ALTER: Nana, bleib nur sitzen, Mandl! Heut werst du bedient!

Holt zwei Schalen von der Stellage, nimmt zwei Löffel und ein Messer aus der Schublade.

JUNGE: Heut wer i bedient!

Der Alte stellt die Schalen und die Zuckerdose auf den Tisch, legt das Buch weg.

ALTER: Ja, heut werst bedient! Weil du des Geburtstagskind bist!

JUNGE: Des Geburtstagskind!

ALTER: Ja freilich, des bist du!

Der Alte holt den Topf, füllt die Schale des Jungen und seine eigene mit Kakao, trägt den Topf zum Herd zurück.

ALTER: Tua dir nur an Zucker eini, wenn er dir z'wenig siaß is, gell!

Der Junge gibt ein Stück Zucker in die Schale, rührt mit dem Löffel um. Der Alte trinkt, wärmt seine Hände an der Schale.

ALTER: Ah, des tuat guat, der hoaße Kakao! Mei Liaber, heut hats wieder a Kälten draußen!

Der Junge trinkt.

ALTER: Der alte Möllinger, dei Großvatter, der hat bei so an Wetter immer gsagt: Des is a Wetter für meine Knecht, tuan sie nix, derfriern si recht! *(Lacht.)* Du, des war a Geizkragen, des sag i dir! Damals ham si die Möllinger noch a paar Dienstboten leisten können. Aber ausgnutzt hat er sie, der Alte, wia's nur gangen is! Der hat ihnen nit amal die Magermilch vergönnt! *(Schneidet den Kuchen an.)* Und in der Fruah ham s' im Stockdunkeln melken müaßen, damits koan Strom verbrauchen! *(Gibt dem Jungen ein Stück Kuchen.)* So, da hast jetzt a Trumm Guglhupf! Laß dir's schmecken, Mandl, Gott segn dir's!

Der Junge ißt.

ALTER: Guat?

JUNGE: *(mit vollem Mund)* Guat schmeckn! Guat! Guglhupf-hupf! *(Lacht.)*

ALTER: Des is fein! – Ah! *(Er steht auf, geht zum Rucksack, nimmt eine Tafel Schokolade heraus, gibt sie dem Jungen.)* Noch was fürs Geburtstagskind! *(Setzt sich.)*

JUNGE: An Schuglad! An so an großen!

ALTER: Tua'n aber nit aufoamal essen, gell! Des wär z'viel! Behalt dir a bißl auf.

Der Junge legt die Schokolade auf die Seite.

JUNGE: Aufbhalten. Tua i!

Der Junge ißt an seinem Guglhupf weiter, der Alte schaut ihm lächelnd zu, trinkt seinen Kakao, stellt plötzlich die Schale wieder nieder.

ALTER: Jö, da hätt i jetzt bald vergessen drauf! 's Wichtigste hätt i bald vergessen! *(Schaut auf seine Taschenuhr.)* Gottseidank! Mir hams no nit verpaßt! *(Steckt die Taschenuhr wieder ein.)* Woaßt, Mandl, i hab no a große Überraschung für di! *(Steht auf.)*

JUNGE: Überraschung?

Der Alte holt das Radio, stellt es auf den Tisch.

ALTER: Ja, a Überraschung! Jetzt schalt ma den Radio ein *(schaltet ein, setzt sich)*, da kommt jetzt glei's Wunschkonzert, woaßt! Und da muaßt nacha guat zualosen!

JUNGE: Wunschkonzert?

Man hört Volksmusik aus dem Radio.

ALTER: Ja, Wunschkonzert. Na ja, des kennst ja eh! Da hamma eh schon öfter zuaghört. Und heut, heut kommt da was für di, Mandl!

JUNGE: Kommt was für mi?

ALTER: Ja, da kommt was für di! Glei fangts an! *(Schaut in die Schale des Jungen.)* Ah, du hast schon austrunken? Kriagst glei no was, gell! *(Geht zum Herd, holt den Topf, schenkt dem Jungen ein, dann fällt sein Blick auf den Abreißkalender.)* Ah, da schau her, 's Kalenderblattl hamma heut a no nit abgrissen! *(Geht mit dem Topf hin, reißt das Blatt ab.)*

JUNGE: I lesen, ha?

ALTER: *(gibt ihm das Blatt)* Ja, lies amal!

Der Alte geht zum Abstelltisch, stellt den Topf hin, der Junge legt das Blatt auf den Tisch, dreht sich etwas mehr zum Publikum, beginnt zu lesen, der Alte hört ihm stehend zu.

JUNGE: *(liest stockend)* Vorweihnachtszeit. Von drauß vom Walde komm ich her, ich muß euch sagen, es weihnachtet sehr! Allüberall auf den Tannenspitzen sah ich goldne Lichtlein sitzen. Von Theodor Storm.

ALTER: Ja, guat hast glesen! Bravo!

JUNGE: *(schaut auf das Blatt)* Lichtlein sitzen?

ALTER: *(kommt her)* Laß mi schaun.

Der Junge gibt ihm das Blatt.

ALTER: *(liest)* Allüberall auf den Tannenspitzen sah ich goldne Lichtlein sitzen. Ja, stimmt.

Gibt dem Jungen das Blatt zurück, dieser schaut wieder darauf.

JUNGE: Lichtlein sitzen?

ALTER: *(setzt sich)* Steht da, ja!

JUNGE: *(lächelnd)* Lichtlein?

ALTER: Na ja, stimmen tuats ja grad nit! Da tuan koane Lichtlein sitzen, auf die Baam! Da müaßat ma ja erst welche anzünden, Liachter, verstehst? Aber des is halt a Dichtung, verstehst? Des is von an Dichter!

JUNGE: Des is von an Dichter!

ALTER: Ja, von an Dichter. Woaßt, des is oaner, der was Büacher schreibt. So wia unser Märchenbuach. An Dichter hoaßt man des. Und der sieht natürlich die Welt ganz anders wia mir! Der sieht Liachteln, wo gar koane sein! Verstehst?

JUNGE: *(schaut den Alten enttäuscht an)* Koane Liachteln?

ALTER: Na, koane Liachteln, des hat er si nur einbildet, der Dichter!

JUNGE: *(leise)* Wär aber schön, Liachteln auf die Baam!

ALTER: Ja, freilich wärs schön. Aber z'Weihnachten kriagst eh nacha an schönen Baam, mit Kerzen drauf, gell!

In seine letzten Worte hinein hört man die Wunschkonzertmelodie. Sprecher: „Das Wunschkonzert vom Studio Tirol." Wieder Kennmelodie.

ALTER: Ah, jetzt hats angfangen, Mandl! Jetzt muaßt guat zualosen!

JUNGE: Jetzt los i zua!

ALTER: *(dreht das Radio lauter auf)* Ja, guat losen, gell!

RADIOSPRECHERIN: Liebe Hörerinnen und Hörer, liebe Wunschkonzertfreunde, mit einem herzlichen Tiroler Grüß Gott heiße ich Sie alle in unserer heutigen Grußsendung willkommen. Vor mir liegt schon die dickgefüllte Wunschpostmappe, und ich freue mich, daß ich viele liebe Grüße und gute Wünsche in alle Richtungen weiterleiten darf.

Der Junge hört zu, ißt dabei seinen Kuchen weiter, trinkt Kakao.

ALTER: Aha, hörst es?

RADIOSPRECHERIN: Wir rufen jetzt in Wörgl, Anichstraße zweiundzwanzig, Frau Klara Schipflinger. Liebe Klara, zu deinem neunundachtzigsten Geburtstag wünschen dir das Allerbeste dein Franzl, deine vier Kinder Anton, Georg, Rupert und Renate sowie die neun Enkelkinder und sieben Urenkel. Dann geht es nach Kitzbühel, wo Herr Robert Aufschnaiter gesund und munter seinen vierundneunzigsten Geburtstag feiert. Nur das Sehvermögen hat halt ein wenig nachgelassen. Zu seinem Wiegenfeste wünschen ihm alles Gute und daß er noch lange in ihrer Mitte bleiben möge, seine acht Kinder, seine zwölf Enkel und die zehn Urenkel.

Der Junge hat den Kuchen fertiggegessen und die Schale ausgetrunken.

ALTER: Hörst es? Ha?

RADIOSPRECHERIN: Unsere nächste Station haben wir in Pfaffenhofen bei Herrn Erwin Rauscher. Lieber Erwin, deine Gattin Gerlinde, deine Tochter Berta mit Gatte und der kleine Lausbub Jakob wünschen dir das Allerbeste zu deinem dreiundsechzigsten Geburtstag. Gönne dir etwas mehr Ruhe, damit dir dein Pfeiferl wieder besser schmeckt. Und wir bringen nun den Kitzbühler Standschützenmarsch.

Musik. Der Junge schaut den Alten an.

ALTER: Aha, also da warst no nit dabei! Ja, tua ma derweil abräumen, nit?

Der Junge nickt, will aufstehen.

ALTER: *(drückt ihn nieder)* Na, bleib du nur sitzen! Des mach schon i! Heut werst bedient, gell!

Der Alte steht auf, räumt ab, der Junge schaut ihm zu. Nach einer Weile fällt ihm plötzlich etwas ein.

JUNGE: Heut ham s' mi gschimpft!

ALTER: Was sagst?

JUNGE: Gschimpft ham s' mi!

ALTER: Ja wer denn? Wann?

JUNGE: Heu vormittag! Gschimpft!

ALTER: Ja wer denn?

JUNGE: Die da unten! Wollten mi herfotzen! Bin i vunglaffen!

Musik aus.

ALTER: Ja, wer denn, Mandl?

RADIOSPRECHERIN: Mit der nächsten Grußbotschaft gelangen wir …

Zeichnungen von Juliane Mitterer zum 3. Akt

Mitterer Juliana Dez. 78

ALTER: Ah, es geht wieder weiter! Derzähl mir des nacha, gell! *(Setzt sich.)*

RADIOSPRECHERIN: ... nach Lauterach in das dortige Altersheim zu Frau Amalie Rieser. Liebe Mutter, zu deinem fünfundsiebzigsten Wiegenfeste wünschen dir das Beste deine Kinder Michael und Moidl samt Enkeln sowie auch die Nichten Hanni und Ottilie.

ALTER: Aha, no nit, siehst es!

RADIOSPRECHERIN: Weiter geht es nun nach Reithausen zu Herrn Sebastian Möllinger.

Der Junge schaut verblüfft auf das Radio.

ALTER: Des bist jetzt du! *(Dreht das Radio lauter auf.)*

RADIOSPRECHERIN: Lieber Wastl, das Allerbeste zu deinem siebzehnten Geburtstag und alles, alles Gute für deinen weiteren Lebensweg wünscht dir dein Dati Plattl-Hans. Und wir bringen nun das Lied La Montanara.

Musik.

ALTER: Hörst des? Hörst des? Des is für di!

JUNGE: Für mi! Für mi!

Die beiden lauschen glücklich. Der Junge ist vollkommen entrückt. Lied aus.

ALTER: *(dreht das Radio leiser)* Des war Italienisch, verstehst? A italienisches Lied. Schön, gell?

JUNGE: *(erwacht aus seiner Erstarrung)* Schön! Die ham mein Namen gsagt! Sebastian Möllinger! Des bin i!

ALTER: Ja, des bist du! Woaßt, da hab i nach Innsbruck gschrieben.

JUNGE: Innsbruck?

ALTER: Zum Radio, ja! Damit s' di bringen!

JUNGE: Nach Innsbruck!

ALTER: Ja, nach Innsbruck! Dort werd ja die Sendung gmacht, woaßt! Beim Radio Tirol.

JUNGE: Viel kost, ha?

ALTER: Nana, nit so viel!

Schritte auf der Treppe draußen.

ALTER: War nit so teuer!

Die beiden lauschen, schauen zur Tür.

ALTER: Ja, wer is denn des? Wer kommt denn da?

Klopfen an der Tür.

ALTER: Ja, herein?

Die Tür öffnet sich, der 1. Gast aus dem 2. Akt kommt herein.

ALTER: Ja, griaß di, Lois! *(Steht auf.)* Was führt denn di zu mir?

1. GAST: *(gibt dem Alten die Hand)* Griaß di, Hans! *(Blickt kurz zum Jungen her.)* Du, i muaß dir dringend was sagen!

ALTER: Ah so? Ja, nacha ziach aus dein Anorak, setz di nieder! *(Geht zum Hocker neben dem Herd, stellt die Schüssel auf den Boden.)*

1. GAST: Na, du, i muaß eh glei wieder weg!

ALTER: *(stellt den Hocker an die linke Seite des Tisches)* Aber, geh! Für a Schnapsl werst do no Zeit ham, oder?

1. GAST: *(setzt sich widerstrebend)* Ja guat, a Schnapsl tät nit schaden.

ALTER: Na siehst es!

Der Alte holt die Schnapsflasche und ein Glas, schenkt ein. Der Junge schaut den 1. Gast fröhlich an, dieser schaut weg. Der Alte schaltet das Radio aus.

ALTER: Geh, Mandl, tua'n Radio weg! *(Setzt sich.)*

JUNGE: *(steht auf)* Radio weg.

Der Junge nimmt das Radio, trägt es zum Nachtkästchen zurück, stellt es hin. Der 1. Gast trinkt das Glas in einem Zug aus.

ALTER: Was is nacha, Lois? Was hast denn so Dringendes?

Der Junge dreht sich um, will wieder zu seinem Hocker gehen.

1. GAST: Na ja, dein Buam, dein Buam möchten s' dir wegnehmen!

Der Junge bleibt stehen, schaut den 1. Gast fassungslos an.

ALTER: Was? Mein Buam wegnehmen? Wer?

1. GAST: Ja, der Bürgermoaster, der Pfarrer, der Dokta, die Gendarmerie, alle!

ALTER: Ja, wieso denn?

Der Junge setzt sich aufs Bett, schaut zum 1. Gast.

1. GAST: Ja, woaßt nit, was heut vormittag passiert is?

ALTER: Passiert? Ja, was soll denn passiert sein?

1. GAST: Ja, hat er dir nix erzählt, der Bua?

ALTER: Na, hat er nit!

JUNGE: Ham s' mi gschimpft!

ALTER: Ah ja, vorher wollt er ma was erzählen! Aber da hamma grad Wunschkonzert glost.

JUNGE: Wollten s' mi herfotzen!

ALTER: Ja, warum denn? Wer denn?

JUNGE: Hab i nur einigschaut!

ALTER: Ja wo denn, Mandl?

JUNGE: Weil, weil die so komisch ausgschaut hat!

ALTER: Ja wer denn? Wo denn?

JUNGE: Komisch ausgschaut! Durchs Fenster gsehn! Nacha einigangen, nachschaun!

ALTER: *(ungeduldig)* Geh, Lois, sag du, was los war!

1. GAST: Ja mei, die Dings, die kloane Grabner-Maria hat er abgriffen!

ALTER: Was?

1. GAST: Sie sagen sogar, er wollt sie vergewaltigen!

ALTER: Mei Bua? Vergewaltigen??

1. GAST: Na ja, i glaubs ja a nit recht! Jedenfalls hat die Maria heut vormittag gebadet, auf oamal kommt sie zur Muatter in die Kuchl grennt und reart und derzählt, der Wastl hätt sie abgriffen und hätt sein Ding außagholt!

ALTER: Na!!

1. GAST: Ja, und wia die Maria des derzählt, kommt seelenruhig dei Bua bei der Tür eina und fragt, warum's Dirndl so reart! Da hat die Grabnerin zum Schrein angfangen und wollt dein Buam herfotzen. Er is ihr aber auskommen und davongrennt. Wia der Grabner hoamkommen is und ghört hat, was passiert is, wollt er glei die Hack nehmen und da aufa! Aber die Muatter hat'n Gottseidank abhalten können! Nacha sein s' glei zum Bürgermoaster gangen und zur Gendarmerie!

ALTER: Ja, Herr im Himmel, Mandl! *(Steht auf, geht zu ihm.)* Ja, was hast'n da gmacht?! Wia is dir denn sowas eingfallen, um Gotteswillen?

JUNGE: Weil die so komisch ausgschaut hat zwischen die Füaß! Die, die hat da nix ghabt! Hab i halt nachgschaut, nit! Zerst hats eh nit greart, zerst hats mi eh schaun laßn! Nacha hab i ihr halt zoagt, was i hab, nit! Nacha, nacha is sie vunglaffen! Woaß nit, warum! Hab eh nix gmacht! Nur gschaut, wia des is!

ALTER: Aber des tuat ma doch nit, Mandl! Des tuat ma nit!!

JUNGE: Tuat ma nit?

ALTER: Na, des darf ma nit machen!

JUNGE: Nit machen? Warum nit?

ALTER: Ja, weil, weil des, weil des a Sünd is! *(Wendet sich vom Jungen ab, geht nach vor.)* Des is a Sünd!

JUNGE: Sünd?

Der Alte bleibt vorne auf der linken Seite stehen, wendet sich wieder dem Jungen zu.

ALTER: Ja, a Sünd! Des is verboten!

JUNGE: Was is Sünd?

1. GAST: Der Bua woaß nit, was a Sünd is! Des is guat!

ALTER: Schau, Mandl, a Sünd is was, was ma oanfach nit tuan darf! Und wenn ma des tuat, nacha kommt ma in die Höll!

JUNGE: In die Höll?

ALTER: Ja, in die Höll! Und zerst ins Gfängnis!

JUNGE: Gfängnis?

1. GAST: Der woaß a nit, was a Gfängnis is!

JUNGE: *(schnell)* Ah, Höll, Höll woaß i! Hab i ghört in dem Schloß, wo der König is, mit die schönen Gwandter!

1. GAST: Was redt er denn jetzt von an König?

ALTER: I woaß a nit!

JUNGE: *(deutet)* Schloß, da unten!

ALTER: Ach, Gott! Die Kirchen moant er!

1. GAST: Was?

ALTER: Ja freilich! Die Kirchen moant er! Und den Pfarrer! Den moant er mit'n König!

1. GAST: Ja, wia kommt er denn auf sowas? Der Pfarrer a König!

ALTER: Ja mei, des werd ihm a bißl durchanandagraten sein! I lies nämlich grad a Märchenbuach mit ihm! *(Geht auf den Jungen zu.)* Ja, woaßt jetzt nacha, was die Höll is, Mandl?

JUNGE: Ja, Höll woaß i! Feuer in der Höll, ziemlich hoaß, nit zum Aushalten! Sünd, Sünd hat er a gsagt! Hab i aber nit gwußt, was des is! Schaun is a Sünd, Dati, oder wia?

ALTER: Ja, Mandl, des is a Sünd, was du gmacht hast!

JUNGE: Ah so? Hab i nit gwußt! Jetzt woaß i's!

ALTER: Ja, jetzt is es z'spät! *(Wendet sich ab, in Richtung Tür.)* Mein Gott, is des furchtbar!

JUNGE: Komm i in d'Höll?

ALTER: *(abgewendet)* Nana, Mandl, des glaub i nit! Aber ins Gfängnis kannst kommen! Der Herrgott werd dir dei Unwissenheit scho verzeihen, aber die Menschen, de verzeihn sowas nit!

JUNGE: Gfängnis?

1. GAST: Na, ins Gfängnis kommt er nit, aber ins Narrenhaus!

JUNGE: Narrenhaus?

ALTER: *(dreht sich um, schaut den 1. Gast an)* Wer sagt des?

1. GAST: Der Bürgermoaster sagt des, alle sagen des! Die Leut verlangen, daß der Bua wegkommt!

ALTER: Der Bua wegkommt?

1. GAST: Ja, sie ham Angst, daß er gemeingefährlich werd, der Bua! A Sexualverbrecher!

ALTER: Aber geh, des is doch a Blödsinn! Mei Bua a Sexualverbrecher?! De spinnen ja! Mei Schuld is es! Nur mei Schuld!

1. GAST: Wieso denn dei Schuld?

ALTER: Ja, weil i ihn hätt aufklären sollen, den Buam! Er hat ja bis heut den Unterschied zwischen Mandl und Weibl nit kennt! No, da war er halt neugierig, wie er des nackerte Dirndl gsehn hat! *(Greift sich an den Kopf.)* Mein Gott, bin i a Depp! Jetzt hab i ma soviel Mühe geben mit dem Buam, aber auf des, auf des hab i nit denkt!

1. GAST: Des is a nit dei Schuld! Des is die Schuld von seine Eltern!

ALTER: Aber i hätt a dran denken müassen! Ich hab'n ja bei mir! *(Schaut den 1. Gast an.)* Ja, du, die wern doch mir den Buam nit wirklich wegnehmen?!

1. GAST: Und ob s' dir den wegnehmen! Des is a beschlossene Sache! Deswegen bin i ja schnell zu dir auffa! I komm grad aus'n Wirtshaus. Dort warn sie alle versammelt! Die Grabner mit der kloanen Maria, die Gendarmen, der Dokta, der Pfarrer, der Bürgermoaster, an Haufen Leut! Ja, und da ham s' beschlossen, daß sie dein Buam ins Narrenhaus einliefern lassen! Der Dokta hat schon alles telefonisch geregelt! Sie müaßen jeden Moment kommen!

ALTER: Und holen mein Buam?

1. GAST: Ja.

ALTER: Na, des laß i nit zua!

1. GAST: Da kannst a nix dagegen machen! Der Dokta hat gsagt, es is sowieso ungesetzlich, daß a alter, alleinstehender Mann a Kind aufziacht.

ALTER: Was?

1. GAST: A Kind ghört in a Familie oder zu oaner Frau, hat er gsagt.

ALTER: Aber wenn ihn sei Familie nit will! De ham ihn ja abgschoben zu mir!

1. GAST: Ja, siehst scho!

ALTER: Na! Des laß i nit zua, daß s' ihn ins Narrenhaus stecken!

JUNGE: Was is'n des, Narrenhaus?

1. GAST: Du, derzähl ihm liaber nix davon!

ALTER: *(geht ganz nahe zum Jungen)* De wollen di von mir wegnehmen, Mandl!

JUNGE: *(schaut zum Alten hoch)* Wegnehmen?

ALTER: Ja, wegnehmen!

JUNGE: Aber, i bleib bei dir!

ALTER: *(weicht dem Blick des Jungen aus)* Ja freilich, freilich bleibst bei mir.

JUNGE: I geh nit weg!

ALTER: Nana, du bleibst bei mir.

JUNGE: I spiel dir allweil auf der Flöte vor!

ALTER: *(dem Weinen nahe)* Ja, des is fein.

1. GAST: *(steht auf)* Ja, i wer gehn. Gsagt hab i dir's, nutzen tuats eh nix. *(Geht zur Tür.)* I wollt nur, daß du Bescheid woaßt.

Der Alte geht zu ihm, gibt ihm die Hand.

ALTER: I dank dir, Lois! I wer dir des nia vergessen!

1. GAST: Ah, was denn! Mir wär liaber, i könnt dir irgendwie helfen.

ALTER: Is scho guat, Lois. Pfiat di.

Der Alte wendet sich langsam ab, geht zum Hocker an der linken Seite des Tisches, setzt sich hin, starrt auf den Tisch. Der Junge schaut fassungslos zu ihm.

1. GAST: *(an der Tür)* Pfiat di, Hans. Du, und nimms nit z'schwer! Pfiat di, Wastl!

JUNGE: Pfiat di! Aber i bleib da!

1. GAST: *(öffnet die Tür, dreht sich halb um)* Ja freilich, freilich bleibst da. *(Geht ab.)*

Der Junge schaut zum Alten, dieser blickt langsam auf, schaut den Jungen an, verbirgt dann sein Gesicht in den Händen. Der Junge beobachtet ihn ratlos, steht dann auf, setzt sich auf seinen Hocker beim Tisch, greift nach den Händen des Alten.

JUNGE: Dati! Dati!

Der Alte nimmt die Hände vom Gesicht, schaut den Jungen verzweifelt an.

ALTER: Was tua i jetzt? Was tua i jetzt, Mandl??

Der Junge weiß nicht, was tun, plötzlich fällt ihm etwas ein. Er nimmt die Flöte.

JUNGE: Jetzt, jetzt spiel i dir was auf der Flöten vor, Dati!

Der Junge spielt „Hänschenklein", der Alte beginnt zu weinen, der Junge hört auf zu spielen, legt die Flöte hin.

JUNGE: Was is'n, Dati? Was rearst denn? I bleib eh da!

ALTER: Mein Gott, Bua, warum können uns de nit in Ruah lassen? Mir tuan doch niemanden was! Des war doch nit so schlimm, was du gmacht hast!

JUNGE: Bin i bös gwesen, Dati? *(Beugt sich zum Alten hinüber.)* Wennst willst, kannst mi haun!

ALTER: *(nimmt das Gesicht des Jungen in seine Hände)* Nana, i hau di nit, Mandl! Dumm bist gwesen, aber nit bös. *(Wendet sich ab.)* Und i a! I ghörat ghaut!

JUNGE: Bin halt dumm, sagen s' eh alleweil, die Leut.

ALTER: So hab i des nit gmoant, Mandl.

JUNGE: I tuas eh nimmer, Dati!

ALTER: I woaß, Mandl. Aber des nutzt uns jetzt nix mehr!

JUNGE: Muaß i weg?

ALTER: *(mit erstickter Stimme)* Ja, schaut so aus. *(Weint wieder.)*

JUNGE: *(beginnt auch zu weinen)* Nit! Nit rearn, Dati! Dati, nit rearn! Dati, nit rearn!

Schritte draußen.

JUNGE: Nit rearn, Dati!

Klopfen an der Tür, einen Augenblick Schweigen.

ALTER: Herein!

Die Tür öffnet sich, der Gendarm kommt in Uniform herein, schließt die Tür wieder hinter sich.

GENDARM: Griaß di, Hans!

Der Alte und der Junge sitzen wie erstarrt.

ALTER: Schorsch?

Der Gendarm bleibt bei der Tür stehen, sein Auftrag ist ihm sichtlich unangenehm.

GENDARM: Ja, du darfst ma nit bös sein, Hans! Des was i jetzt mach, des muaß i als Gendarmeriebeamter machen!

ATLER: Ja?

GENDARM: I tuas nit gern! Glaub ma's!

ALTER: Ja?

GENDARM: Ja – i hab da an Einlieferungsbefehl für dein Buam.

ALTER: Was? Einlieferungsbefehl? Wohin?

GENDARM: Nojo, fürs ... in die Nervenheilanstalt. Der Krankenwagen steht scho unten.

Der Junge springt auf, läuft um den Tisch herum, stellt sich neben den Alten, hält sich an dessen Schulter fest.

JUNGE: *(schreit)* I will nit weg!

ALTER: *(nach kurzer Pause)* Du woaßt, was des für mi bedeutet, Schorsch! Der Bua is ma ans Herz gwachsen!

GENDARM: Ja, i woaß, Hans. Aber i kann a nix machen, nit? Befehl is Befehl!

Der Alte steht langsam auf, dreht sich nach dem Gendarmen um.

ALTER: Könnt i nit noamal mit'n Bürgermoaster reden? Und mit'n Grabner? Vielleicht ham sie a Einsicht. Es is ja praktisch eh nix passiert!

GENDARM: Na, des hat koan Zweck! Des kann ma jetzt nimmer rückgängig machen! Alle sein dagegen, daß der Bua dableibt!

ALTER: Alle ...

GENDARM: Ja, alle. Seine Eltern sein a einverstanden, daß er in die Anstalt kommt. Jetzt geh, Hans, gib ma'n! Schau, mach doch koane Gschichten! I bitt di, Hans!

ALTER: *(leise)* Was seids ihr für a Saubagage, für a unmenschliche!

GENDARM: Aber Hans, des is doch nit für immer! Mei, er muaß halt a Zeitl dortbleiben, nacha lassen s' ihn eh wieder aus, wenn s' feststellen, daß er wirklich harmlos is!

ALTER: Im Narrenhaus werd er mir ja erst recht narrisch! Nana, der Bua bleibt da!

JUNGE: I bleib da! I geh nit weg!

GENDARM: Aber schau, Hans, des nutzt doch nix, i muaß'n mitnehmen! Wenns sein muaß, mit Gwalt!

Der Alte blickt auf, schaut ihn an.

GENDARM: Ja, da unten beim Auto stehn zwoa Wärter! Hans, i bitt di, sei doch gscheit! Du kannst'n ja bsuachen! Du kriagst'n eh wieder zruck, nach an Zeitl!

Der Alte dreht sich langsam zum Jungen um, der seine Hand von der Schulter des Alten nimmt.

ALTER: Mandl, was soll i denn machen? Was soll i machen?

JUNGE: I geh nit weg, Dati! I bleib bei dir!

Der Alte nimmt den Kopf des Jungen in beide Hände, schaut ihm in die Augen.

ALTER: Mandl, i muaß di hergeben! Es nutzt ja nix! Was soll i denn machn? Ja, i kann nit den Schorsch derschlagen! Beim besten Willen nit!

Der Junge umarmt den Alten.

JUNGE: *(schluchzend)* I geh nit weg, Dati! I geh nit weg!

ALTER: Mandl, i bitt di! I bitt di, gib doch nach! I versprich dir's, i hol di bald zruck! Bestimmt!

Der Junge birgt seinen Kopf an der Brust des Alten, klammert sich an ihm fest.

JUNGE: Na, nit weg! Bleiben! Bleiben! Bleiben!

ALTER: *(versucht sich vom Jungen zu befreien)* Also guat, Schorsch, nimm ihn mit! Aber schnell, bevor i mir's anders überleg!

JUNGE: *(weinend)* Na, nit, Dati! Na, nit, Dati! Bittschön, nit! Bittschön, nit! Dati!!

ALTER: Schau, Mandl, des nutzt nix, wennst di an mi klammerst, i muaß di ja hergebn! *(Zum Gendarm:)* Ja Himmelherrgott, Schorsch, so tua doch was!!

JUNGE: Nit! Dati, nit! Dati, nit!

Der Gendarm geht zur Tür, öffnet sie.

GENDARM: *(ruft hinaus)* Ja Herrschaftsseiten, so kommts halt aufa, nit! Helfts ma doch!

Der Alte schiebt den Jungen verzweifelt von sich weg. Schritte draußen, zwei Wärter in weißen Kitteln kommen herein. Der Junge läuft nach links vorne, preßt sich an die Wand, hält die Arme schützend vors Gesicht.

JUNGE: Nit weg! Nit weg! Nit weg!

1. WÄRTER: Kommen S', Herr Gendarm, pack ma'n!

Die beiden Wärter gehen auf den Jungen zu, der Gendarm bleibt unschlüssig stehen. Als die beiden Wärter beim Jungen sind und nach ihm greifen, duckt er sich, bricht zwischen ihnen durch und will auf die rechte Seite laufen. Einer der Wärter erwischt ihn aber beim Arm, auch der zweite greift zu. Der Junge schlägt wild um sich, der Alte schaut verzweifelt zu.

JUNGE: *(schreit)* Na! Na! Na! Nit!

2. WÄRTER: Der schlagt ja aus wia a jungs Roß! Ja, gibts denn sowas!

JUNGE: Na, nit! Nit! Dati! Dati! Hilf ma! Hilf ma! Hilf ma!

Der Gendarm tritt von hinten an den Jungen heran, ergreift seine Beine.

ALTER: Mandl, gib nach! I bitt di, Mandl, gib nach!

JUNGE: Dati! Dati! *(Ein schluchzender, überschnappender Aufschrei, der Junge fällt zu Boden, zittert krampfartig.)*

ALTER: Mandl! Jetzt hat er an Anfall kriagt!

1. WÄRTER: Ah, des geht scho wieder vorbei! Komm, Erwin, pack ma'n!

Die beiden Wärter heben den Jungen auf, tragen ihn hinaus. Der Alte will nachgehen.

GENDARM: Bleib da, Hans! Is besser so!

Der Alte bleibt links von der Tür stehen, der Gendarm geht hinaus, schließt die Tür hinter sich. Der Alte steht eine Weile bewegungslos, sieht dann die Flöte auf dem Tisch.

ALTER: Die Flöten! *(Nimmt die Flöten in die Hand, dreht sich zur Tür.)* Mandl! Dei Flöten hast vergessen! *(Läßt die Flöte sinken, dreht sich wieder um.)* Hört mi nimmer … Is scho weg … Hört mi nimmer …

Die Fernsehfassung

Mit Szenenfotos
von Erika Hauri

FELIX MITTERER
ANMERKUNGEN ZUM DREHBUCH

Seit das Stück „Kein Platz für Idioten" 1977 herauskam, gab es immer wieder von verschiedensten Seiten Anregungen, aus dem Stoff einen Film zu machen. Da aber ständig neue Themen, neue Geschichten auf mich eindrängten, raffte ich mich nie dazu auf. 1992, als ein mir besonders sympathischer Redakteur – Dr. Herbert Knopp vom ZDF – wiederum mit diesem Vorschlag kam, machte ich mich endlich an die Arbeit.
Das Drehbuch bot mir nun Gelegenheit, einige Szenen und Figurenkonstellationen zu verändern, auszuweiten sowie das ganze Beziehungsgeflecht zwischen den Personen enger zu knüpfen. Dem Theaterstück sieht man an, daß es aus einem Hörspiel entstanden ist – kaum Aktion, kaum „Bilder", hauptsächlich Dialog. Ausgenommen davon ist natürlich der beim Stück – das sonst zu kurz gewesen wäre – neu hinzugekommene 1. Akt, wo der Junge mit einer Faschingsmaske erscheint, die eine wichtige Rolle spielt. Bald nach der Uraufführung aber hat mich schon gestört, daß der Vater des behinderten Buben nicht auftritt, daß die Mutter nur von ihm erzählt, vom Druck, den er auf sie ausübt, vom Schuldbewußtsein, das er ihr eingeflößt hat. Manchmal ist Zuschauern dadurch die Mutter als zu böse dargestellt erschienen, als zu einseitig gezeichnet. Im Drehbuch nun spielt der Vater, spielen die Beziehung zwischen Mutter und Vater, zwischen Vater und Sohn eine große Rolle, wodurch die Situation besser verständlich wird. Auch Lois (im Stück 1. Gast) und der Trinker Adi (2. Gast) treten nun durchgehend auf und sind mehr in die ganze Handlung verquickt. Neu hinzugekommene Figuren sind Seppi, der für den Vater des Buben als Ersatzperson fungiert, sowie ein Afrikaner (Asylant), der nach dem Unfall des Vaters am Hof arbeitet.
Der Fremdenverkehr, der ein wichtiger Anlaß für das Schreiben des Stücks war, hat nur mehr geringe Bedeutung, wichtiger, viel wichtiger sind nun die Beziehungen zwischen den Personen geworden. Die Bezeichnungen „Alter" (Plattl-Hans) und „Junge" (Wastl) haben sich nun konkretisiert beziehungsweise verändert – der „Alte" heißt jetzt Plattl-Mich (eine Erinnerung an meinen Adoptivvater Michael, der das Vorbild zu dieser Figur war), der „Junge" heißt Jakob, ein Name, der auch mit einem bestimmten Menschen verbunden ist. Die Beziehung zwischen Plattl-Mich und Jakob ist nun in verstärktem Maße das Hauptmotiv des Filmes geworden.
Was man im Theater nur erzählen kann, vermag der Film natür-

lich auch zu zeigen, nämlich in den Szenen, wo der „Dati“ dem Jakob die Welt, die Schönheit und den Reichtum der Natur vorführt. Auch das Ende ist nun ein anderes geworden, vielleicht ein tröstlicheres.

PERSONEN:

Plattl-Mich *(alt)*
Jakob *(25)*
Waltraud *(55)*, Mutter von Jakob
Hans *(55)*, Vater von Jakob
Bürgermeister
Polizist
Seppi *(16)*
Adi *(55)*
Lois *(45)*
Tourist *(50)*
Touristin *(45)*
Kellnerin
Afrikaner *(30, stumm)*
2. Polizist *(stumm)*

Statisten: zwei Frauen und eine Angestellte im Supermarkt, vier Wandertouristen *(drei Männer, eine Frau)* und zwei Einheimische im Gasthaus, vier Schulbuben *(12 Jahre alt)*; acht Polizisten, sechs Feuerwehrleute und ein Mann *(Vater von Seppi)* beim Suchkommando.

SCHAUPLÄTZE:

Innen: Bauernhof *(Wohnküche, Kellerraum, Flur, Stall)*, Wohnung Mich, Gasthaus, Supermarkt, Kirche, Bürgermeisterzimmer, Polizeiwachzimmer, Totenkapelle.
Außen: Vor dem Bauernhof, Kartoffelfeld, Fußgängerbrücke über Autobahn, Dorfstraße, Geschäftsstraße im Dorf, vor Baracke, vor Totenkapelle, Weg am Dorfrand, See, Hügelkamm, Wald, Waldlichtung, Waldrand, Baum auf Hügel.

HERBST

1. VOR DEM BAUERNHOF. – *Der Hof ist der eines mittleren Bauern, der gerade mit Müh und Not vom Ertrag existieren kann. Es ist Morgen. Vor dem Hof ein alter Opel Kombi und ein Traktor, in der Nähe ein Anhänger. Eine junge Katze läuft zu einem offenen, vergitterten Kellerfenster, schaut hinein, Jakob taucht auf, schnappt sich das Kätzchen, verschwindet damit. Seppi (ein Neffe des Bauern) kommt mit einem Mountainbike dahergeradelt, bremst rasant ab. Der Bauer Hans kommt aus dem Haus. Er wirkt sehr abgearbeitet und verbittert. Den Seppi aber – diesen fixen, tüchtigen Burschen – mag er sehr, seine Miene hellt sich auf. Seppi stellt sein Rad an die Hausmauer.*

HANS: Ah, Seppi, bist scho da? Magst no schnell an Kaffee?

SEPPI: Na, hab i eh schon! Du, der Plattl-Mich war nit dahoam. Aber i hab ihm an Zettel an die Tür ghängt!

HANS: *(geht zum Traktor)* Ah, nacha werd er schon auftauchen.

2. KELLERRAUM. – *Ein kleiner, kahler Raum mit altem Bett und kaputtem Nachtkästchen ohne Tür. Am Boden Stroh. Irgendwo steht ein Kübel für die Notdurft. An der Decke eine vergitterte Lampe, wie sie in Ställen verwendet wird. Auf dem Nachtkästchen liegt eine lachende Clownmaske mit Gummiband. Im Bett alte Roßhaarmatratzen, ein ebensolcher Keil als Kopfpolsterersatz. Keine Bettwäsche. Eine alte, schmierige Decke zum Zudecken. Jakob, der geistig zurückgeblieben ist und schmutzige, zerrissene Kleidung trägt, sitzt auf dem Bett, hält glückselig die Katze, streichelt sie, gibt frohe, schmeichelnde Laute von sich. Neben ihm eine alte, schmuddelige, von irgend jemandem gebastelte Kasperlpuppe. Die Kellertür wird aufgesperrt und geöffnet, Jakob erschrickt, verbirgt die Katze unter den Armen. Waltraud kommt herein mit einer Schale Kaffee und einem Butterbrot, stellt die Schale am Nachtkästchen ab und legt das Brot hin, schaut Jakob an, geht wieder zur Tür, dreht sich um, schaut zu Jakob, der sie wegen des Kätzchens unverwandt anstarrt.*

WALTRAUD: I laß offen. Tuast den Boden aufwischen. Kuchl und Gang.

JAKOB: *(freut sich)* Ja! Wischen! Wischen! Tua i!

WALTRAUD: Stell ma aber nix an! Und bleib im Haus!

JAKOB: Ja! Haus!

Draußen wird der Traktor gestartet, Jakob horcht auf, Waltraud geht wieder, läßt die Tür offen. Jakob steht auf, geht mit dem Kätzchen zum Fenster, schaut hinaus. Der Traktor ist noch nicht zu sehen. die Katze entkommt Jakob, springt hinaus. In diesem Moment fährt der Traktor rückwärts in einem Halbkreis an das Kellerfenster heran, die Hinterräder kommen ins Bild, ein Hinterrad nähert sich bedrohlich der Katze.

JAKOB: *(hält sich erschrocken die Augen zu)* Na!

Jakob schaut wieder hin, der Traktor fährt weg, verschwindet aus dem Bild, das Kätzchen liegt tot am Boden. Jakob schaut verzweifelt.

3. VOR DEM HOF. – *Hans fährt mit dem Traktor rückwärts an den Anhänger heran, Seppi hält die Deichsel, kuppelt ein.*

SEPPI: *(schreit)* Guat!

HANS: Magst fahren?

SEPPI: *(begeistert)* Ja! Bitte!

Hans rückt auf den linken Notsitz, Seppi will aufsteigen, schaut dabei zufällig zum Kellerfenster, sieht, wie Jakob versucht, die Katze zu ergreifen, was ihm aber nicht gelingt, weil sie ein paar Zentimeter außerhalb seiner Reichweite liegt. Seppi geht hin, Jakob verschwindet sofort vom Fenster, Seppi schaut das tote Kätzchen an.

HANS: Was is denn?

SEPPI: Da hats a Katzl erwischt!

HANS: Schmeiß es auf'n Mist!

Seppi nimmt die Katze, schleudert sie auf den Misthaufen hinüber. Jakob beobachtet ihn – halb versteckt – dabei. Aus dem Haus kommt Waltraud, setzt sich auf den zweiten Notsitz, Seppi läuft zum Traktor, nimmt auf dem Fahrersitz Platz, fährt los. Hans würdigt seine Frau keines Blickes, zündet sich eine Zigarette an. Jakob taucht aus seiner Deckung wieder ganz am Kellerfenster auf, schaut dem Traktor nach, schaut zum Misthaufen.

4. KELLERRAUM. – *Jakob schaut zum Misthaufen, dreht sich um, geht Richtung Tür, macht wieder kehrt, nimmt die Faschingsmaske, setzt sie auf, verläßt den Raum.*

5. VOR DEM HOF. – *Die Haustür öffnet sich, Jakob schaut mit der Maske vor dem Gesicht vorsichtig heraus, schaut sich um, kommt heraus, schaut zum Misthaufen, schaut sich wieder um,*

schleicht „unauffällig“ (er hat noch nie das Haus verlassen) Richtung Misthaufen, das weit entfernte Geräusch eines Düsenflugzeuges ist zu hören, Jakob schaut zum Himmel und bleibt stehen, sieht weit oben das glitzernde Flugzeug mit dem Kondensstreifen, starrt hinauf, fällt vor lauter Schauen rückwärts um (das alles kann ruhig auch komisch sein), blickt sich hektisch um, steht auf, schleicht zum Misthaufen, hält nach dem Kätzchen Ausschau, sieht es, beugt sich darüber, stößt es mit den Fingern an, nimmt es dann, putzt es ab, schaut sich um, rennt dann mit dem Kätzchen ganz schnell zum Haus zurück.

6. WOHNKÜCHE. – *Ein Feuerherd, ein Elektroherd (darauf ein Topf mit dem vorgekochten Mittagessen), ein Kühlschrank, eine Waschmaschine, ein Spülbecken, darüber Resopalkästchen etc. Auf der Anrichte eine Kaffeemaschine, daneben das gebrauchte Frühstücksgeschirr. Ein Resopaltisch mit Eckbank und zwei Stühlen. In der Ecke ein Herrgottswinkel (Kruzifix, Plastikblumen). Ein zerfledderter Diwan. Gegenüber auf einer Wandstellage ein Farbfernsehapparat und ein Videorekorder. Auf dem Tisch liegen die tote Katze und die Faschingsmaske. Jakob kniet am Boden, neben ihm ein Kübel mit Wasser und ein Fetzen zum Aufwischen. Jakob schrubbt mit einer Handbürste, die er ins Wasser taucht, den Boden. Sein Blick fällt auf den Fernseher. Jakob starrt hin, schüttelt den Kopf, arbeitet weiter, hält inne, schaut wieder zum Fernseher, schrubbt dann darauf zu (damit er einen plausiblen Grund hat, sich ihm zu nähern), steht auf, schaut aus dem Fenster, schaut den Fernsehapparat an, drückt dann auf die Einschalttaste, ein Zeichentrickfilm erscheint auf dem Bildschirm, der Ton ist ziemlich laut eingestellt, so daß Jakob im ersten Moment erschrickt. Er setzt sich auf den Boden, schaut fasziniert zu, steht plötzlich auf, schaut wieder beim Fenster hinaus, dreht den Ton leiser, setzt sich wieder auf den Boden.*

7. KARTOFFELFELD. – *Seppi fährt mit dem Traktor, ein Roder ist nun angehängt, der die Kartoffeln herausholt. Der Anhänger steht in der Nähe. Hans und Waltraud heben die Kartoffeln auf, geben sie in Plastikkübel. Waltraud leert gerade den vollen Kübel in den Anhänger, geht zurück, schaut zum Traktor, arbeitet weiter, wendet sich zu Hans.*

WALTRAUD: Wieso fahrst'n du nit? Der Bua buckt si doch leichter.

HANS: Mei, wenn er so gern fahrt, der Seppi! Er machts eh guat.

WALTRAUD: *(nach einer Weile)* Des könnt er doch a. Unser Bua. Kartoffeln aufklauben. Was is denn dabei?

Sie schaut zu Hans, der ignoriert sie.

WALTRAUD: Hast ghört?

Hans schaut nur kurz feindselig zu ihr. Waltraud seufzt auf, arbeitet weiter.

8. WOHNKÜCHE. – *Jakob sitzt selbstvergessen am Boden und starrt zum Fernseher.*

9. VOR DEM HOF. – *Der alte Plattl-Mich geht auf den Hof zu, Rucksack mit ein paar Utensilien am Rücken. Er schaut zum Kellerfenster, hinter dem er Jakob vermutet.*

10. WOHNKÜCHE/BLICK AUS DEM FENSTER. – *Jakob starrt am Boden sitzend zum Fernseher.*

STIMME MICH: *(vom Flur her)* Is wer dahoam?

Jakob schrickt maßlos zusammen, springt auf, schaltet den Fernseher aus, schaut sich hektisch um, sieht die Maske, setzt sie auf, kriecht unter den Tisch. Die Tür öffnet sich, Mich schaut herein, sieht den Kübel am Boden, sieht die Katze auf dem Tisch, kommt herein, schließt die Tür, geht zum Tisch, schaut die Katze an, berührt sie, merkt, daß sie tot ist, schüttelt den Kopf, geht zur Tür zurück, schaut nocheinmal zur Katze, sieht nun Jakob unter dem Tisch, dessen Maskengesicht ihn anstarrt. Mich hält leicht erschrocken inne.

MICH: Ja, sowas! A Faschingskasperl unterm Tisch, mitten im Herbst! Wer bist denn du, ha?

Mich geht näher zum Tisch, Jakob weicht zurück, Mich kniet sich auf ein Knie nieder, blickt auf Jakob, dessen Augen starren ihn angstvoll an. Mich glaubt nun zu wissen, wen er vor sich hat.

MICH: Bist du der Jakob?

Jakob antwortet nicht.

MICH: Ham s' di endlich auslassen, ha?

Jakob starrt ihn nur an.

MICH: Was tuast denn da, unterm Tisch?

Jakob weicht weiter zurück.

Mich: Geh, was is denn? Hast du Angst vor mir? Vor mir brauchst koa Angst haben, Jakob! I bin der Plattl-Mich!

Jakob wendet sein Gesicht ab.

MICH: Geh, mir ham uns doch scho gsehn! Kannst di nimmer erinnern?

Jakob schaut ihn an.

MICH: Durchs Kellerfenster hamma uns gsehn. I hilf jetzt manchmal aus bei enk. *(Kniet sich hin.)* Jetzt komm, geh doch außer da, i tua dir doch nix!

Mich greift mit einer Hand nach Jakob, der stößt einen angstvollen Laut aus und weicht noch weiter ins Eck zurück.

MICH: Na ja, kann ma nix machen. Bleibst halt drin! *(Steht wieder auf, geht zum Fenster, schaut hinaus.)* Deine Leut wern draußen sein, auf'm Acker, ha? *(Schaut auf seine Taschenuhr.)* Wart i halt a Pfeifen lang. Is ja bald Mittag. *(Steckt die Uhr ein, holt Pfeife und Tabakbeutel hervor, stopft die Pfeife, schaut auf den Kübel.)* Tuast den Boden aufwischen, ha? Brav!

Jakob schaut unter dem Tisch hervor, gewinnt etwas Zutrauen. Mich zündet sich die Pfeife an, schaut auf die Katze.

MICH: Und was is mit der Katz da? Da wern deine Leut aber koa Freud haben. Mit oaner toten Katz am Tisch. *(Schaut Jakob an.)* Hast du sie umbracht?

JAKOB: Maschin! Maschin!

MICH: Was sagst?

JAKOB: Maschin!

Mich versteht nicht recht, schaut zur Katze, nimmt sie, will zur Tür gehen.

MICH: I tua sie liaber außi.

Jakob stürzt unter dem Tisch hervor, entreißt Mich die Katze, verkriecht sich mit ihr wieder unter den Tisch.

MICH: Die lebt ja nimmer, Jakob! Was willst denn mit ihr?

Jakob starrt ihn an, die Katze an sich gedrückt. Mich schüttelt den Kopf, kommt zurück, setzt sich hin.

MICH: Tua liaber fertigmachen da! *(Deutet auf den Boden.)*

Mich nimmt eine Zeitung, die auf der Bank liegt, holt seine Brille heraus, setzt sie auf, beginnt zu lesen, beachtet Jakob nicht mehr. Jakob beobachtet ihn eine Weile, kriecht dann heraus, steckt sich die tote Katze unters Hemd, beginnt wieder den Boden zu schrubben. Mich schaut nach einer Weile zu ihm, läßt die Zeitung sinken.

MICH: Die Leut sagen, du kannst nit amal reden.

Jakob hält inne und schaut Mich an.

MICH: Aber du kannst schon reden, gell?

JAKOB: Woll, kann i reden! Guat reden! *(Steht auf, stellt sich wie sein Vater in Positur, schimpft los:)* Fack, blöde! Krüppel, verreckter! I schlag di ab, du Hundsviech, du!

MICH: Na, Mahlzeit! Des is alles, was du kannst?

JAKOB: Na, kann i no was! *(Macht die Geräusche des Zeichentrickfilms nach, den er vorhin gesehen hat.)*

Von draußen ist nun der ankommende Traktor zu hören, Jakob hört mit seinen Geräuschen sofort auf, lauscht, kniet sich schnell wieder hin, taucht den Fetzen in den Kübel und beginnt mit großer Hektik aufzuwischen. Mich legt die Zeitung weg, steht auf, steckt die Brille ein, schaut zum Fenster hinaus. Wir sehen den Traktor herankommen. Seppi fährt, Hans und Waltraud sitzen daneben. Der Anhänger ist jetzt voll mit Kartoffeln. Seppi hält an, stellt den Motor ab. Mich schaut zum hektisch wischenden Jakob, dann wieder zum Fenster hinaus. Seppi, Hans und Waltraud steigen ab, Hans drückt seine Hände ins schmerzende Kreuz, die drei gehen zum Eingang. Jakob taucht den Fetzen in den Kübel, stößt den Kübel um, das Wasser ergießt sich in den Raum. Mich dreht sich zu ihm um.

MICH: Oje!

Hektisch beginnt Jakob aufzuwischen, wringt den Fetzen im Kübel aus. Die Tür öffnet sich, Hans, Waltraud und Seppi kommen herein. Hans erstarrt, als er Jakob sieht. Dieser wagt es nicht, aufzublicken, er wischt und wischt. Waltraud schaut auf die Bescherung, hat ein schlechtes Gewissen ihrem Mann gegenüber. Dieses entlädt sich sofort auf Jakob.

WALTRAUD: Mein Gott, na, was tuast denn? Fix nochamal! *(Geht zu Jakob, reißt ihm den Fetzen aus der Hand, stößt ihn weg.)* Geh weg, verschwind!

Jakob fällt um, verkriecht sich angstvoll in ein Eck, Waltraud kniet sich hin, beginnt fast so hektisch wie Jakob aufzuwischen. Seppi schaut gleichmütig zu, Hans schaut Mich an, geht zum Waschbecken, wäscht sich die Hände.

HANS: Hast du ihm des angschaffen?

WALTRAUD: Ja, hab i! Er soll irgendwas tuan, wenn er schon auf der Welt is!

HANS: (*trocknet sich die Hände ab)* Könnt ma vielleicht jetzt was zum Essen haben?

WALTRAUD: Glei, glei! Des geht doch nit so!

Hans geht zu ihr, reißt ihr den Fetzen aus der Hand, gibt ihn Seppi, der sich sofort hinkniet und aufwischt. Mich steht da und beobachtet unangenehm berührt die Szene. Waltraud erhebt sich von den Knien, schaut wütend Jakob an.

WALTRAUD: Du bist ja zum Bodenaufwischen no z'deppert! I hätts ja wissen müssen! *(Geht zu ihm.)* Was hast'n scho wieder de blöde Larven auf, ha?

Jakob will sie herunternehmen, sie stößt mit der flachen Hand darauf.

WALTRAUD: Na, na! Laß sie oben! Laß sie nur oben! Bin eh froh, wenn i dei schiachs Gfrieß nit seh! Schau ma eh liaber de Larven an! De is schöner wia dei Gsicht! Viel schöner, des kannst ma glauben!

Jakobs Augen schauen sie verzweifelt an.

WALTRAUD: Was schaust mi denn so an, ha? Bettelst um a Fotzen, oder was? *(Schlägt ihm mit der Hand auf den Hinterkopf.)* Geh, schau, daß d' weiterkommst, i kann di nimmer sehn!

Jakob will aufstehen, stolpert, fällt vor Mich hin, dieser will ihm aufhelfen, Jakob stößt ihn weg, taumelt ein paar Schritte zurück, schaut Mich eine Weile unbewegt an, dann geht er langsam auf ihn zu, bleibt dicht vor ihm stehen, faßt ihn am Rock und bricht dann mit einem dumpfen Laut auf die Knie nieder. Hans nickt grimmig, geht zum Kühlschrank, holt sich eine Bierflasche heraus, macht sie auf, zündet sich eine Zigarette an. Seppi hat beim Wischen innegehalten, schaut zu Jakob.

WALTRAUD: So! Jetzt is es wieder amal so weit! *(Geht zu Jakob.)*

MICH: Was hat er denn?

Waltraud nimmt Jakob die Maske ab, wirft sie auf den Tisch.

WALTRAUD: So an komischen Anfall hat er wieder! *(Versucht die Finger von Jakob an einer Hand zu lösen.)* Siehst, total steif! Total steif! De Finger bringst nit weg! Müßtest sie abbrechen! *(Schreit ihn an.)* Laß aus! Auslassen sollst! Du! *(Schlägt ihm auf den Kopf.)*

Hans stellt die Bierflasche weg, kommt her, packt Jakob brutal am Kragen, reißt ihn weg, Mich wird dadurch fast umgerissen. Hans schleift Jakob zur Tür, öffnet sie, schleppt Jakob hinaus, läßt ihn draußen zu Boden fallen, kommt wieder herein, knallt die Tür zu. Waltraud schaut ihn an, geht zur Tür, öffnet sie, Jakob liegt draußen, wird von einem Anfall geschüttelt. Waltraud geht hinaus, schließt die Tür hinter sich.

HANS: *(zu Mich)* Entschuldige. *(Nimmt seine Bierflasche wieder.)* Hock di nieder.

Mich setzt sich, ist zornig auf sich selber, daß er nicht eingegriffen hat. Seppi wischt weiter auf. Hans trinkt aus seiner Bierflasche, setzt sich ebenfalls, starrt vor sich hin. Mich schaut zu ihm, möchte was sagen, tut es aber nicht.

11. KELLERRAUM. – *Jakob liegt schweratmend im Bett, Waltraud holt eben die tote Katze hinter seinem Hemd hervor, schaut sie an, schaut Jakob an, steht auf, wirft die Katze zum Kellerfenster hinaus, geht zur offenen Tür, dreht sich zu Jakob um.*

WALTRAUD: Alles hast verdorben! Alles! Wenn du des schön gmacht hättest, dann wär des a Anfang gwesen. Jetzt kann i di nimmer auslassen.

Jakob rinnen Tränen übers Gesicht, sie schaut zu ihm, hat Mitleid, aber es hilft ja nichts. Sie kommt her, deckt ihn zu, geht hinaus, sperrt von außen ab.

12. WOHNKÜCHE. – *Hans, Waltraud, Seppi und Mich sitzen essend am Tisch. Es gibt Kartoffelgulasch. Sie trinken Bier dazu.*

HANS: *(zu Seppi)* Wenn ma fertig san, kriagst a Moped.

SEPPI: Na, echt?

HANS: Sowieso. Kannst dir's aussuachen.

SEPPI: A Kawasaki?

HANS: Wenn du willst …

SEPPI: Ma, super!

WALTRAUD: Und was soll des kosten?

HANS: Er hat uns zwoa Sommer beim Heun gholfen! Des kriagt er jetzt, und aus! *(Klopft Seppi auf die Schulter.)* Gell, Jungbauer?

SEPPI: Wär scho super! Aber i hab ja koan Hof. Mei Papa hat gsagt, i muaß jetzt a Mechanikerlehr anfangen.

HANS: Mach des nur. Des is guat, wenn a Bauer sich mit die Maschinen auskennt. Derspart er sich viel Geld.

Seppi versteht nicht, schaut ihn an.

HANS: I hab des mit deim Vater schon ausgmacht. Jetzt lernst amal Mechaniker, und wennst dann immer no Bauer wern willst, dann kriagst amal mein Hof.

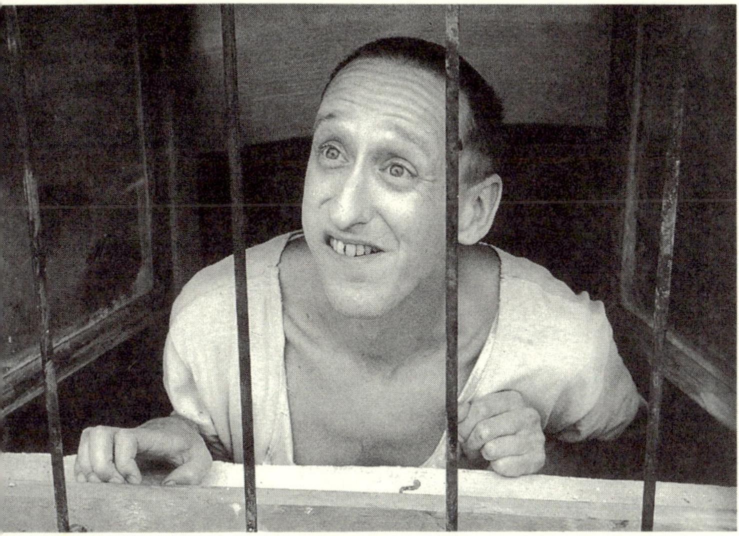

Jakob (Gilbert von Sohlern) muß im Keller leben.

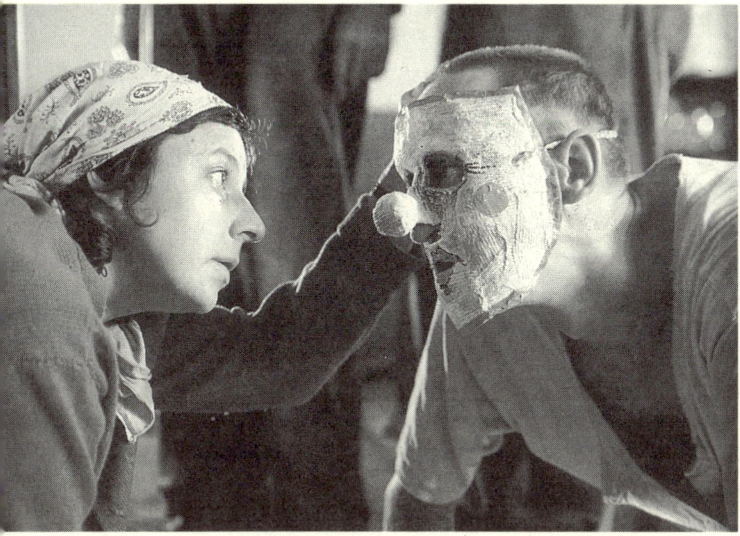

Waltraud (Monika Baumgartner): "Was hast'n scho wieder de blöde Larven auf, ha?"

SEPPI: Na, echt?

HANS: Sowieso!

SEPPI: Ma, spitze!

Waltraud empfindet das alles als ständigen Vorwurf gegen sie.

WALTRAUD: Dann kriagt er'n doch, den Hof, dei Bruader!

HANS: Was?

WALTRAUD: Zerst hast ihn auszahlen müssen, daß ma jahrelang abzahlt haben, am Kredit, und jetzt kriagt er'n doch, den Hof!

HANS: Er doch nit! *(Deutet auf Seppi:)* Sei Bua kriagt'n! Bleibt der Hof wenigstens in der Familie!

Waltraud ißt, schaut vor sich hin.

HANS: Is sonst no jemand da, dem i den Hof amal übergeben könnt? Ha?

Sie antwortet nicht. Hans schöpft sich aus dem Topf nach, der in der Mitte steht, ißt weiter.

HANS: *(nach einer Weile)* Bei die Nazi hats des nit geben. De warn da gscheiter. *(Aufgebracht:)* Wenn oane von meine Küah a Kalbl kriagt, des was nix taugt, dann schlag i's a ab, da redet mir koaner drein! *(Zu Mich:)* Nit?

13. KELLERRAUM. – *Jakob liegt im Bett, hat den Kasperl an sich gedrückt, starrt zur Decke. Draußen hört man den Traktor wieder wegfahren, Jakob horcht auf. Nach einer Weile setzt er sich auf, holt unter der Matratze eine zerfledderte Illustrierte heraus, schlägt sie auf, schaut sie an. Das Meer ist zu sehen, ein Delphin springt hoch.*

14. KARTOFFELFELD. – *Der Acker ist fertig umgepflügt, der Traktor steht mit dem Anhänger da. Hans und Seppi (nebeneinander), Waltraud und Mich sammeln die Kartoffeln ein. Mich tut sich schon schwer mit dem Bücken, er kniet sich hin, hebt so die Kartoffeln auf.*

15. VOR DEM HOF. – *Dämmerung. Der Traktor hält an. Hans lenkt, Waltraud und Mich sitzen neben ihm auf den Notsitzen, Seppi auf den Kartoffeln des Anhängers. Jakob taucht am Kellerfenster auf, schaut her. Hans und Waltraud steigen ab, Waltraud hilft Mich herunter, Seppi springt vom Anhänger, geht zu seinem Rad.*

SEPPI: Pfiat enk, bis morgen!

HANS: Willst nit essen bei uns?

SEPPI: Na! Woaßt, die Mama schimpft eh schon, daß i kaum mehr dahoam bin! *(Fährt weg.)*

HANS: *(zu Mich)* Aber du schlafst bei uns, oder?

MICH: Ja, guat. Versäumen tua i eh nix.

Sie gehen zur Haustür. Mich sieht Jakob herausschauen. Er tut ihm leid.

16. WOHNKÜCHE. – *Hans liegt auf dem Diwan, der Fernseher gegenüber läuft (eine Show), Hans ist dabei eingeschlafen. Waltraud und Mich sitzen am Tisch, Mich raucht seine Pfeife, Waltraud flickt eine Arbeitshose ihres Mannes mit einem daruntergelegten Fleck. Mich schaut zu Hans, dann zu Waltraud, starrt vor sich hin, überwindet sich endlich.*

MICH: Entschuldige, Waltraud, es geht mi zwar nix an, aber des mit eurem Buam … Seit wann is jetzt der im Keller? Ewig schon, oder?

WALTRAUD: *(nach einer Weile, ohne aufzuschauen)* Seit sein' fünften Lebensjahr, wennst es genau wissen willst.

Mich schüttelt den Kopf.

MICH: Ihr habts ihn sozusagen zu lebenslanger Einzelhaft verurteilt?

Hans öffnet die Augen, die beiden können das aber nicht sehen.

WALTRAUD: *(zornig zu Mich)* Du, halt di zrugg, ja?! *(Arbeitet weiter; deutet dann mit dem Kopf auf Hans:)* Er hat ihn verurteilt, nit i! I möcht mi sowieso schon lang umbringen. *(Schaut zu Hans.)* Er haßt mi. Seit i den Buam auf die Welt bracht hab, haßt er mi. Wenn er nit so katholisch wär, hätt er sich scheiden lassen und a andere Frau gnommen. Aber so …

MICH: Des mit'n Keller, des is jedenfalls koa Zuastand! Der Bua is doch koa Viech!

WALTRAUD: *(deutet mit dem Kopf auf Hans)* Sag des ihm!

MICH: Des is verboten, Waltraud! Ungesetzlich!

Hans setzt sich auf, schaut Mich an.

HANS: *(mit kaltem Zorn)* Was paßt dir nit? Sag schon!

MICH: Hast es ja ghört, oder?

HANS: I sag dir's nur oamal: misch di da nit ein! *(Steht auf, geht zum Fernseher, schaltet ihn aus, geht zur Tür, macht sie auf, dreht sich um.)* Weil sonst kannst dir dei Renten woanders aufbessern.

Hans geht hinaus, schließt die Tür hinter sich, Waltraud steht auf, legt Hose und Flickzeug weg, nimmt ihre Schürze ab, hängt sie auf.

WALTRAUD: Guat Nacht, Mich.

MICH: Guat Nacht, Waltraud.

Sie geht zur Tür, dreht sich um.

WALTRAUD: I bin jeden Tag bei ihm! Jeden Tag, Mich! Und wenn's geht, hol i ihn heimlich aufer! *(Verzweifelt:)* Was soll i denn machen?

Waltraud geht hinaus, Mich sitzt allein da, denkt nach, klopft dann die Pfeife im Aschenbecher aus.

17. KELLERRAUM. – *Jakob schläft in seinen Kleidern, die Decke über sich gezogen, den Kasperl im Arm. Die Tür wird aufgesperrt, Mich kommt herein, Jakob schießt sofort hoch, verkriecht sich angstvoll im Eck des Bettes. Mich sucht den Lichtschalter, findet keinen, geht wieder hinaus auf den Gang, findet dort den Lichtschalter neben der Tür, schaltet ein, die Lampe an der Decke geht an, Mich kommt wieder herein, schließt die Tür. Da Jakob nun Mich erkennt, beruhigt er sich, verliert die Angst. Mich geht zu ihm, setzt sich aufs Bett, schaut ihn an.*

MICH: Was mach ma denn mit dir, Jakob, ha?

Jakob schaut ihn an, plötzlich fällt ihm was ein, er greift unter die Matratze, holt die Illustrierte hervor, schlägt sie auf, zeigt Mich das Foto mit dem Delphin.

MICH: Ja. Ein Delphin.

JAKOB: Ha?

MICH: Des is ein Delphin. Ein Fisch.

JAKOB: Fin?

MICH: Ja, ein Delphin.

JAKOB: Delphin.

MICH: So is es.

Jakob zeigt auf das Wasser.

JAKOB: Is des?

MICH: Das Meer. Das Meer is des.

JAKOB: Wasser? *(Macht Geste und Geräusch des Trinkens.)* Wasser?

MICH: Ja, Wasser. Aber trinken kannst des nit. Da is Salz drin. Salz.

JAKOB: *(schüttelt den Kopf)* Woaß i nit.

MICH: Des is wia unser Schweiß. Wia unsere Tränen. *(Fährt mit beiden Zeigefingern unter seinen Augen auf und nieder.)*

JAKOB: *(begreift)* Ah, woaß i! *(Macht dieselbe Geste.)* Hab i oft! *(Leckt mit der Zunge den Mundwinkel.)* Bitter! Bitter!

MICH: Ja, die Tränen schmecken bitter. Des kommt vom Salz.

JAKOB: Jetzt woaß i. Tränen, Salz! *(Schaut auf das Bild.)* Soviele Tränen!

Er schüttelt verwundert den Kopf, Mich lächelt.

18. BÜRGERMEISTERZIMMER. – *Der Bürgermeister hinter seinem ausladenden Schreibtisch.*

BÜRGERMEISTER: Geh, schau, wir wissen des eh alle! Was willst'n machen? Soll ma'n einsperren deswegen, den Vater?

Mich steht wie ein Bittsteller vor dem Schreibtisch, den Hut in der Hand.

BÜRGERMEISTER: Der merkt des doch nit, der Bua! Der kennts ja nit anders! Und dann – das muß auch gesagt sein –, er fällt der Öffentlichkeit nicht zur Last! Sein Vater hat nit amal die Behindertenbeihilfe beantragt! Obwohl er ein Anrecht drauf hätt! – Also, bitte, Mich, tua mi mit sowas nit behelligen! – Und jetzt muaßt mi entschuldigen, da draußen warten a Menge Leut. De haben wichtigere Sorgen!

19. POLIZEIWACHZIMMER. – *Der Polizist steht hinter der Theke.*

POLIZIST: Ja, des muaßt dem Bürgermeister erzählen, nit mir! Des is a *(sucht das Wort)* soziale Angelegenheit! Da kann doch ich als Polizei nix machen!

Wir sehen Mich vor der Theke stehen.

POLIZIST: Außerdem, i kenn ihn doch, den Staudinger-Hans! Des is a Pfundskerl! Der rackert sich doch ab für seine Familie!

Mich schaut ihn an.

POLIZIST: Was geht'n dich des an, überhaupt?

20. GASTHAUS. – *Abend. Am Stammtisch der Polizist (in Zivil), der Bauer Lois, der Tankstellenpächter Adi (ein Trinker) und Hans bei Kartenspiel und Bier. Hinter der Theke spült die Kellnerin Gläser ab. Sonst keine Gäste. Lois spielt mit Hans, der Polizist mit Adi.*

HANS: *(knallt eine Karte hin)* Aus is, verloren habts! *(Sammelt den Stich ein.)*

ADI: *(zum Polizisten)* Karten hat der, des gibts nit!

HANS: *(grinst)* Können muaß ma's! *(Trinkt vom Bier.)*

Sie werfen ihre Karten hin, Lois sammelt sie ein, mischt, läßt abheben, teilt neu aus.

POLIZIST: Du, Hans!

HANS: Ja?

POLIZIST: Der Plattl-Mich geht umanand und hetzt die Leut auf gegen di. Beim Bürgermeister is er a schon gwesen.

HANS: *(seine gute Laune ist weg)* Wegen was?

POLIZIST: Wegen deim Buam.

Hans zündet sich eine Zigarette an.

POLIZIST: Brauchst koa Angst haben. Mir tuan nix. Aber du solltest ihn nit einsperren. Jedenfalls nit immer. Wenn da a Zeitung dahinterkommt, des macht a schlechts Bild. Soll i dir vom Bürgermeister ausrichten.

Hans starrt vor sich hin. Lois hat Mitleid mit ihm, Adi ist es egal, er schaut in seine Karten.

ADI: So, aber jetzt gehts auf!

21. VOR DEM HOF. – *Es ist wieder Morgen. Der Traktor mit dem leeren Anhänger steht da. An der Hauswand lehnt das Mountainbike. Mich kommt daher, schaut zum Kellerfenster, Jakob taucht auch sofort auf, winkt ihm zu, Mich winkt zurück. Hans kommt aus dem Haus (hat Mich durch ein Fenster kommen sehen).*

HANS: Kannst glei wieder hoamgehn! I brauch di nimmer!

MICH: Versteh des doch, Hans! I hab ja nix gegen di! Aber des tuat ma nit! Ma tuats nit!

Hans dreht sich um, geht wieder ins Haus zurück. Mich schaut zu Jakob, geht hin.

MICH: I komm wieder! *(Geht weg.)*

JAKOB: Ja! Kommen!

Mich geht davon, Jakob schaut ihm nach.

JAKOB: Kommen!

22. KARTOFFELFELD. – *Dämmerung. Das Kartoffelkraut ist zu Haufen zusammengetragen und angezündet worden, Rauchsäulen steigen auf (oder ziehen über dem Boden hin). Hans sitzt auf seinem Traktor, starrt über das Feld.*

WINTER

23. HOF (TOTALE). – *Schnee. Es ist der 24. Dezember, Abend. Licht aus den Küchenfenstern. Das Kellerfenster von Jakob mit Pappe vernagelt.*

24. WOHNKÜCHE. – *Auf der Kommode ein kleines Plastikchristbäumchen, dessen elektrische Lichter brennen. Hans und Waltraud sitzen am Tisch. Hans raucht, hat eine Bierflasche in der Hand, starrt vor sich hin, denkt daran, wie schön Weihnachten mit gesunden Kindern wäre. Waltraud greift neben sich auf die Bank, nimmt ein Weihnachtspaket, legt es vor Hans hin.*

WALTRAUD: Frohe Weihnachten, Hans.

Hans schaut auf das Paket, schiebt es dann ganz langsam mit einer Hand von sich weg. Waltraud schaut ihn an, bricht dann plötzlich in Tränen aus. Sie versucht sich zu beherrschen, aber es gelingt ihr nicht. Hans schaut sie nicht an, steht auf, geht zu seinem Anorak, der an einem Wandhaken hängt, nimmt ihn herunter, zieht ihn an.

HANS: I geh in die Metten.

Hans geht hinaus, Waltraud sitzt weinend da.

25. BARACKE MICH (TOTALE). – *Die Behausung von Mich ist eine kleine, alte Baracke am Rande des Dorfes. Dahinter befindet sich ein wilder Müllplatz. Licht aus zwei Fenstern. Aus einem Ka-*

minrohr, das durch die Wand etwas provisorisch ins Freie führt, kommt Rauch. Irgendwo lehnt an der Wand ein alter Heuschlitten, daneben ein Bretterstoß.

26. WOHNUNG MICH. – *Die Baracke besteht nur aus einem Raum, ist aber gemütlich eingerichtet, ähnelt zum Teil einer Tischlerwerkstatt. Holztäfelung, ein paar Bilder (billige Drucke und das Hochzeitsfoto von Mich und seiner Frau), ein alter Feuerherd, in dem eingeheizt ist, Küchenkommode, Anrichte, Tisch mit Eckbank und zwei Stühlen, über dem Tisch ein Lampenschirm aus Spanholz, ein Bett, daneben ein Hocker mit Lampe und Wecker. Alles, was aus Holz besteht, hat Mich selber gemacht. Auch eine Hobelbank gibt es, darüber an der Wand eine Unzahl von Utensilien zur Holzbearbeitung (Sägen, Hobel, Stemmeisen, Schnitzmesser etc.). An die Wand gelehnt und zum Teil am Boden liegend Bretter, Leisten, Furniere, Schnitzholz. Um die Hobelbank herum liegen am Boden Hobelspäne und Holzreste. Irgendwo ein altes Kofferradio. Ziemlich unaufgeräumt schaut der Raum aus, ein Junggesellenhaushalt eben. Mich sitzt am Tisch, hat eine Kerze angezündet und Glühwein gemacht, wärmt sich eine Hand an der Schale, raucht seine Pfeife. Er fühlt sich einsam, denkt an Jakob. Er schaut sich um, geht zur Hobelbank, nimmt von dort ein Werkstück, schaut es an. Es ist ein ziemlich grob geschnitzter Delphin, dessen Form nicht ganz stimmt. Mich schüttelt den Kopf, nimmt ein Schnitzmesser, setzt sich hin, beginnt an dem Delphin zu schnitzen, versucht ihn zu verbessern. Aus der Ferne fangen die Kirchenglocken zu läuten an.*

27. KELLERRAUM. – *Aus der Ferne läuten die Kirchenglocken. Jakob sitzt – den Kasperl im Arm und eingehüllt in die Decke – im Eck des Bettes, schaut zum Fenster, das jetzt mit Pappe vernagelt ist und lauscht auf die Kirchenglocken. Von draußen wird das Licht eingeschaltet, Jakob erschrickt, die Tür wird aufgeschlossen, Waltraud kommt herein, schaut Jakob an.*

28. WOHNKÜCHE. – *Jakob sitzt glückselig hinter dem Tisch, vor ihm steht eine Schüssel mit heißen Kastanien, er entfernt die Schalen, ißt gierig, trinkt Fanta dazu. Neben ihm sein Kasperl. Waltraud sitzt Jakob gegenüber und schaut ihm zu, freut sich über seine Freude. Das Paket, das Hans nicht annahm, liegt immer noch da. Waltraud schaut darauf, schaut Jakob an, schiebt ihm das Paket hin. Er blickt erstaunt darauf.*

WALTRAUD: Für di. Vom Christkindl.

JAKOB: Für mi?

WALTRAUD: Ja, für di!

Jakob schaut das Paket an, bewundert das Weihnachtspapier, streicht über das goldene Band.

WALTRAUD: Machs auf!

Jakob nimmt das Paket, dreht und wendet es, versucht dann die Masche zu lösen, es gelingt ihm nicht, Waltraud hilft ihm, löst das Band. Vorsichtig faltet Jakob das Papier auseinander, um es ja nicht zu zerreißen. Ein kariertes Flanellhemd kommt zum Vorschein. Jakob schaut fassungslos darauf, schaut Waltraud an.

JAKOB: Für mi?

WALTRAUD: Ja, für di.

Jakob streicht über das Hemd, hebt es vorsichtig an, schaut es an wie ein Wunder, legt es sich an die Wange.

JAKOB: So fein! Katzl! Katzl! *(Schaut Waltraud an.)* Gott vergelts! Gott vergelts!

WALTRAUD: Gern geschehn.

29. VOR DEM HOF. – *Hans kommt mit seinem Opel gefahren, hält an, stellt den Motor ab, steigt aus, schaut zum vernagelten Kellerfenster, geht zum Eingang. Schwaches Licht vom Plastikchristbaum aus der Küche.*

30. FLUR / KÜCHE. – *Hans kommt bei der Haustür herein, geht zur Küchentür, öffnet sie. Er sieht Waltraud in der Küche am Tisch sitzen, den Kopf auf die Arme gelegt, das Gesicht in den Armen verborgen. Die Lämpchen des Plastikchristbaumes brennen, sonst kein Licht.*

31. WOHNKÜCHE. – *Hans steht in der Tür, schaut auf Waltraud, ist plötzlich beunruhigt, geht auf sie zu, rüttelt sie an der Schulter. Waltraud wacht auf, hebt den Kopf, schaut ihn an. Ihre Augen sind verweint.*

HANS: Jetzt hab i glaubt, es is dir was passiert.

WALTRAUD: *(müde, resigniert)* Was soll mir passieren?

Hans schaut sie an, hat Mitleid mit ihr, setzt sich neben sie, schaut vor sich hin, legt dann auf einmal seinen Arm um sie, ohne sie anzublicken. Waltraud schaut fassungslos auf seine Hand an ihrer Schulter, schaut ihn an, er blickt immer noch nicht zu ihr, sie schluchzt auf, legt ihren Kopf an seine Schulter.

32. VOR DEM HOF. – *Morgen. Der Traktor mit dem Anhänger steht da. Aus dem Eingang kommen winterlich angezogen Hans und Jakob, letzterer mit dem neuen Flanellhemd. Jakob kann es nicht fassen, daß sein Vater ihn mitnimmt, ist furchtbar aufgeregt, lacht, wippt den Oberkörper vor und zurück und schlägt sich mit den Fäusten auf die Brust.*

HANS: *(ungeduldig)* Hör auf! Tua nit so blöd!

Jakob hört auf, freut sich aber weiterhin.

HANS: *(deutet zum Traktor)* Setz di auffi!

Jakob geht zum Traktor und setzt sich auf einen Notsitz, Waltraud kommt aus dem Haus. Hans geht zum Wirtschaftsgebäude, verschwindet darin. Waltraud tritt zu Jakob, macht ihm den Anorak zu, lächelt ihn an. Auch sie freut sich, daß Jakob nun in die Freiheit darf. Hans kommt zurück mit einer Motorsäge, mit einer Axt und zwei Sapinen; einen Eisenkeil hat er eingesteckt. Er legt das Werkzeug in den Anhänger.

WALTRAUD: Tuats aufpassen, ja?

Hans steigt auf den Fahrersitz, startet, fährt los. Jakob hat höllische Angst, klammert sich am Gestänge fest, schaut zur Mutter zurück, winkt ihr kurz, greift dann wieder schnell zurück an die Stange. Waltraud schaut ihnen nach, freut sich sehr.

33. WALD. – *Hans sägt mit der Motorsäge an einem Baum, Jakob schaut ihm aufgeregt zu, freut sich, daß er zum ersten Mal in Freiheit ist, macht wieder wippende Bewegungen mit dem Oberkörper. Hans stellt den Motor der Säge ab, legt sie weg, holt den Eisenkeil aus seiner Anoraktasche, setzt ihn am Sägespalt an, nimmt die Axt.*

HANS: *(zeigt)* Stell di dort hin!

Jakob schaut erstaunt.

HANS: Du sollst di dort hinstellen!

Jakob geht ungefähr an die Stelle, Hans schaut zum Baum hoch, schätzt die Fallinie ein, geht zu Jakob, stellt sich neben ihn, schaut zum Baum, stellt Jakob genau in die angenommene Fallinie. Hans geht zurück, beginnt den Keil mit der Axt in den Spalt zu treiben, der Baum beginnt zu krachen. Jakob schaut zum Baum hoch, be-

greift nicht, was vor sich geht, und da ihm zu kalt ist, beginnt er hin- und herzutrippeln, bewegt sich damit aus der Fallinie. Hans sieht es, hält inne.

HANS: Was is denn? Bleib stehn!

Jakob bleibt sofort stehen, Hans schaut und sieht, daß er nicht mehr richtig steht, geht zu ihm hin, nimmt ihn an beiden Schultern, schaut zum Baum hoch, stellt Jakob richtig hin. Plötzlich kracht es im Baum, und er fällt auf die beiden zu. Hans sieht erschreckt den Baum kommen, Jakob begreift noch nicht. – Wir sehen in einer Totale den Baum niederkrachen. Dann zeigt die Kamera Jakob, der unter den Ästen liegt. Er ist eine Weile ganz ruhig vor Schreck, dann arbeitet er sich heraus. Außer einer kleinen Schramme an der Stirn ist ihm nichts passiert. Er denkt an seinen Vater, beginnt nach ihm zu suchen.

JAKOB: Vater! Vater! Vater!

Er biegt Äste beiseite, sieht dann seinen Vater. Dieser liegt auf dem Bauch, der Baumstamm liegt schräg über seinem Rücken. Jakob kniet sich hin zu ihm, dreht sein Gesicht her. Hans ist ohnmächtig.

JAKOB: Vater! Vater!

Jakob versucht, Hans unter dem Stamm herauszuziehen, es geht nicht, er ist eingeklemmt. Jakob will den Stamm hochheben, es gelingt ihm nicht, er gibt nach ein paar Versuchen auf. Verzweifelt schaut er sich um, schaut zu seinem Vater, schaut sich wieder um.

JAKOB: *(schreit)* Hilfe! Hilfe! Hilfe! *(Er rennt davon.)* Hilfe! Hilfe! Hilfe!

SPÄTSOMMER

34. BARACKE (TOTALE). – *Es ist Tag. Hämmern aus der Baracke.*

35. WOHNUNG MICH. – *Mich zimmert über seinem Bett auf Pfosten ein zweites, so daß ein Stockbett entsteht.*

36. VOR DEM HOF. – *Mich geht auf den Hof zu. Jakob taucht*

im Kellerfenster auf, winkt aufgeregt. Mich winkt ihm auch lächelnd zu.

37. STALL. – *Waltraud setzt an einer Kuh die Melkmaschine an. Ein Schwarzafrikaner mistet aus. Mich kommt bei der Tür herein, schaut sich um, der Afrikaner fährt mit dem Mistkarren an ihm vorbei, Mich schaut ihm erstaunt nach. Waltraud tritt hinter der Kuh hervor.*

WALTRAUD: Mich! Du woaßt genau, daß di der Bauer nimmer sehn will!

MICH: Ja, woaß i. Aber i möcht euch a Angebot machen.

WALTRAUD: Was für a Angebot?

MICH: Wenn ihr einverstanden seids, nimm i den Buam.

WALTRAUD: *(schaut ihn erstaunt an)* Wieso? Wieso willst du den Buam nehmen?

MICH: Weil i ihn brauch.

WALTRAUD: *(verblüfft)* Du brauchst mein Buam?

MICH: Ja.

WALTRAUD: Versteh i nit.

MICH: Du woaßt, mir ham koane Kinder ghabt, mei Frau und i. I muaß no was tuan in mein Leben. Sonst bin i nit zfrieden. Was hab i schon gmacht? A paar Wagenradeln. Des is ma zwenig.

Waltraud schaut ihn an.

38. WOHNKÜCHE. – *Hans sitzt rauchend und mit einer Bierflasche in der Hand in einem gebrauchten Rollstuhl, schaut haßerfüllt.*

HANS: I mag di nit.

Wir sehen Mich und Waltraud vor ihm stehen.

MICH: Macht ja nix.

HANS: Du hast mi schlecht gmacht, vor die Leut.

MICH: I hab nur gsagt, wia's is.

HANS: *(trinkt vom Bier; nach einer Weile)* Und was soll des kosten? I muaß schon den Neger zahlen.

MICH: Nix. A paar Lebensmittel, wenn's geht. Du woaßt, so dick hab i's nit.

HANS: *(nach einer Weile)* Guat. Nimm ihn.

39. KELLERRAUM. – *Jakob geht aufgeregt im Raum auf und ab, seinen Kasperl in der Hand. Er schaut aus dem Fenster, ob er nicht irgendwo den Mich sieht. Es wird aufgesperrt, Jakob bleibt, dreht sich um, die Tür öffnet sich, Waltraud und Mich kommen herein.*

JAKOB: *(freut sich)* Griaß di! Griaß di! *(Schüttelt Mich die Hand.)*

MICH: Griaß di, Jakob!

WALTRAUD: Horch zua, Jakob! Der Plattl-Mich, der nimmt di jetzt mit!

Jakob versteht nicht.

MICH: Des bin i, der Plattl-Mich. Woaßt du doch. Du kommst zu mir! Verstehst du?

JAKOB: Komm i zu dir?

MICH: Ja, du kommst zu mir! Du wohnst bei mir.

Jakob versteht immer noch nicht recht.

40. WOHNKÜCHE / BLICK IN DEN FLUR. – *Hans mit der Bierflasche im Rollstuhl, vor sich hinstarrend. Die Tür öffnet sich, Waltraud schaut herein, hat einen gefüllten Rucksack in der Hand. Hinter ihr Mich und Jakob, der den Kasperl und die Illustrierte trägt.*

WALTRAUD: Willst di verabschieden?

HANS: Na.

Jakob drängt sich an seiner Mutter vorbei herein, geht zu Hans.

JAKOB: *(fröhlich)* Geh i mit Mich! Komm i aber wieder! *(Nimmt die linke Hand von Hans, die in seinem Schoß liegt, schüttelt sie.)* Pfiat di, Vater! Gsund wern!

Hans schaut Jakob nicht an, dieser geht zur Tür, dreht sich zu Hans um.

JAKOB: Siech i vielleicht Delphin!

41. VOR DEM HOF. – *Mich, Jakob und Waltraud kommen heraus, Jakob schaut sich freudig um, hüpft in die Luft.*

JAKOB: Juhu! Delphin! Delphin!

Waltraud geht zu ihm, hängt ihm den Rucksack um.

WALTRAUD: *(zu Mich)* Da is a bißl a Gwand drin. Vom Bauern. Der braucht ja nimmer viel. Und Eier, Butter, was Gselchtes.

MICH: Dankschön, Waltraud.

Waltraud nimmt Jakob den Kasperl und Illustrierte ab, verstaut beides im Rucksack, macht dann Jakob ein Kreuzzeichen auf Stirn, Mund und Brust.

WALTRAUD: Pfiat di, Jakob. Es werd schon für was guat sein, daß i di geboren hab. Der Bauer moant, du bist a Strafe Gottes, aber vielleicht stimmt des gar nit. Der Baum hat jedenfalls ihn erwischt, und nit di. *(Gibt Mich die Hand.)* Pfiat di, Mich. I bsuach enk amal.

MICH: Ja, is recht, pfiat di.

Mich nimmt Jakob am Arm, sie gehen davon. Jakob läuft voraus, hüpft in die Luft.

JAKOB: Delphin! Delphin!

Plötzlich erschrickt Jakob vor der großen, weiten Welt, schaut sich um, läuft zu Mich zurück und hängt sich an seinen Rockzipfel. Waltraud schaut ihnen nach.

42. FUSSGÄNGERBRÜCKE ÜBER EINE AUTOBAHN. – *Musik darüber. Mich und Jakob kommen auf die Brücke zu, der Lärm von der Autobahn wird immer lauter, Jakob lauscht, beginnt sich zu fürchten, bleibt stehen, Mich dreht sich nach ihm um, winkt ihm, Jakob kommt zu ihm, hängt sich bei seinem Arm ein. Sie gehen auf die Brücke, Jakob reckt den Hals, um einen Blick nach unten zu erhaschen, Mich führt ihn zum Geländer, Jakob schaut hinunter, sieht die Autos vorbeirasen, springt erschreckt zurück, Mich lacht, Jakob geht dann vorsichtig zu ihm, hält sich an ihm fest und schaut wieder zu den Autos hinunter. Er kann es nicht fassen.*

43. DORFSTRASSE. – *Musik darüber.*
Mich und Jakob kommen aus einer Seitenstraße auf die belebte Hauptstraße. Jakob hält sich am Rockzipfel von Mich fest. Mich deutet auf einen Zebrastreifen, erklärt, was er bedeutet, schaut nach links und rechts, nimmt Jakob am Arm, geht mit ihm los, ein Auto nähert sich ihnen ziemlich schnell, Jakob rennt sofort zurück, das Auto bleibt vor Mich stehen, dieser schaut zu Jakob, winkt ihm, der rennt schnell zu ihm, Mich nimmt ihn an der Hand, sie gehen über die Straße.

44. GESCHÄFTSSTRASSE IM DORF. – *Musik darüber.*
Mich und Jakob gehen an Geschäften vorbei, Jakob schaut fasziniert

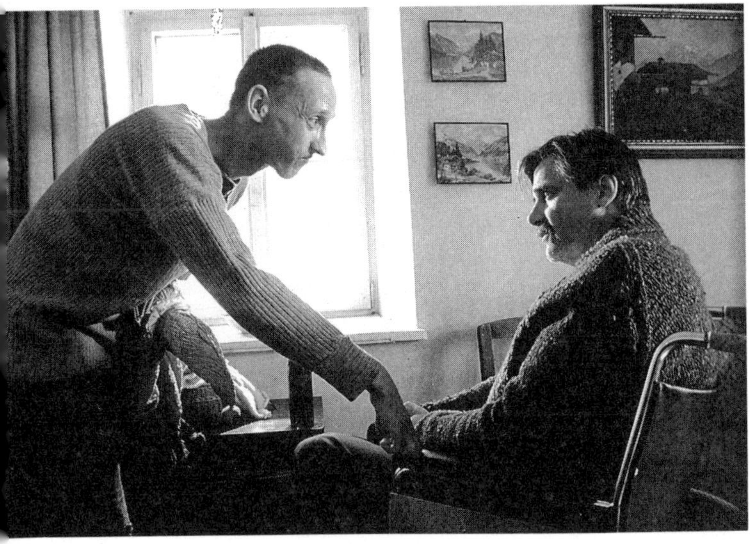

Jakob: "Pfiat di, Vater! Gsund wern!" - "Geh i mit Mich! Komm i aber wieder!" (Peter Simonischek als Hans, unten links Felix Johannes Thanheiser als Mich)

hinein, bleibt aber nicht stehen. Zwei Buben auf Skateboards kommen herangerast, Jakob springt beiseite, aber genau in sie hinein, sie stürzen alle drei. Mich schimpft die Buben, hilft Jakob hoch, putzt ihn ab, geht mit ihm weiter. Jakob dreht sich um, die Buben schauen ihnen nach, einer tippt sich mit dem Zeigefinger an die Stirn. Ein Polizeiauto fährt an Mich und Jakob vorbei, neben dem Fahrer sitzt der uns bekannte Polizist, er schaut erstaunt auf die beiden.

45. KIRCHE. – *Musik darüber.*
Mich und Jakob kommen in die leere Kirche, Mich taucht seine Hand in das Weihwasserbecken, macht eine Kniebeuge und ein Kreuz. Jakob schaut sich um, ist vollkommen überwältigt von der Größe des Raumes, schaut zur Decke, biegt sich so weit zurück, daß er umzufallen droht. Mich fängt ihn im letzten Moment auf, schüttelt lächelnd den Kopf, nimmt Jakob am Arm, führt ihn zu einem Seitenaltar, wo eine Muttergottesstatue steht, vor der Kerzen brennen. Mich nimmt eine Kerze aus einem Behälter, gibt eine Münze in die Kasse, zündet die Kerze an, stellt sie hin, kniet sich auf die Bank, verschränkt die Finger zum Gebet. Jakob schaut ihm zu, kniet sich dann neben ihn, verschränkt auch die Finger, schaut zur Muttergottes.

46. SUPERMARKT. – *Musik darüber.*
Mich schiebt den Einkaufswagen, bleibt stehen, gibt Mehl und Zucker in den Wagen. Er schaut sich nach Jakob um, der steht wie angewurzelt weiter hinten und schaut auf all die Waren. In der Nähe sieht Mich zwei ältere Frauen, die Jakob anstarren und miteinander tuscheln. Sie schauen zu Mich her, sehen, daß er sie beobachtet, gehen weiter. Mich ruft Jakob, der rennt zu ihm, Mich deutet auf den Einkaufswagen, Jakob schiebt ihn stolz, fährt dann etwas schneller. Dabei streift er eine Pyramide aus Konservendosen, sie stürzt zusammen, Jakob erschrickt furchtbar, schaut zu Mich, dieser kommt her, Jakob legt sofort schützend seine Arme über den Kopf, Mich nimmt sie ihm sanft herunter, beginnt die Dosen aufzusammeln. Sofort bückt auch Jakob sich. Eine Angestellte kommt gerannt, schlägt die Hände zusammen. Auch die beiden Frauen tauchen wieder auf, schauen sich süffisant lächelnd an.

47. VOR DER BARACKE. – *Musik darüber.*
Mich und Jakob gehen auf die Baracke zu, Mich deutet darauf.

48. WOHNUNG MICH. – *Die Tür öffnet sich, Mich und Jakob kommen herein, Mich deutet in den Raum.*

MICH: So, da samma! Da bin i dahoam.

Jakob schaut sich um. Auf der neugezimmerten Bettstatt für Jakob nun eine alte Matratze, Leintuch, Polster und das Federbett von Mich, auf dessen Bett jetzt eine Decke liegt.

MICH: Gfallts dir?

JAKOB: Gfallt mir guat! Holz!

MICH: *(nimmt Jakob den Rucksack ab)* Ja, Holz!

JAKOB: *(klopft an die Vertäfelung)* Holz! Schön!

MICH: Ja. Woaßt, i bin Tischler gwesen. Eigentlich Wagner. Hock di nieder, Jakob.

Jakob setzt sich, Mich beginnt den Rucksack auszupacken, in dem jetzt auch die Lebensmittel vom Supermarkt sind, versorgt alles. Zuerst aber gibt er Jakob seinen Kasperl und die Illustrierte.

MICH: *(währenddessen)* Ganze Leiterwägen hab i gmacht, früher. Und Schlitten. Sogar Ski. Aber dann hab i halt die neue Zeit verschlafen und bin aufghaust.

JAKOB: Koane Viecher?

MICH: Was?

JAKOB: Stall!

MICH: *(leicht ungeduldig)* I bin doch koa Bauer, Jakob! Tischler bin i! Hab i dir doch grad gsagt! Muaßt ma schon zuahören!

JAKOB: Tischler?

MICH: Ja, Tischler! Der arbeitet mit Holz! Da *(zeigt um sich)* – hab i alles selber gmacht. Den Tisch, die Bank, die Lampen, des Stockbett, alles selber gmacht! *(Nimmt von der Fensterbank den von ihm geschnitzten Delphin, der nun von der Form her stimmt, gibt ihn Jakob.)* Da, zum Einstand!

JAKOB: *(begeistert)* Delphin! Delphin! Du gmacht?

MICH: Ja. Hat mi teuflisch gfuchst, des Viech!

JAKOB: Guat gmacht! *(Nimmt die Illustrierte, schlägt sie auf, vergleicht das Bild mit dem geschnitzten Delphin.)* Woll, guat gmacht! Gott vergelts! *(Streichelt den Delphin.)*

MICH: *(schaut auf das Foto)* Na ja, die Schnauzen stimmt nit ganz. *(Geht zum Herd.)* So, jetzt mach ma uns aber was zum Essen!

JAKOB: Ja, essen! Tua i gern!

49. BARACKE (TOTALE). – *Schwaches Licht aus den Fenstern.*

50. WOHNUNG MICH. – *Im unteren Bett liegt Mich, im oberen Jakob mit seinem Kasperl, das Federbett bis ans Kinn gezogen. Die Lampe auf dem Hocker brennt. Beide liegen mit offenen Augen da. Plötzlich beginnt Jakob zu weinen. Mich (im Nachthemd) richtet sich auf.*

MICH: Was is denn, Jakob?

JAKOB: Fürchten! Fürchten!

MICH: Was sagst?

JAKOB: Fürchten!

MICH: *(steht auf, schaut Jakob an)* Du tuast di fürchten?

JAKOB: Ja!

MICH: Ja, warum denn? Vor was denn?

JAKOB: Woaß i nit! *(Er setzt sich auf, man sieht, daß er vollständig bekleidet ist.)* Derf i hoam?

MICH: Was? Du willst hoam?

JAKOB: Ja! Bitte!

MICH: *(hilflos)* Ja, aber des geht doch nit!

JAKOB: Woll! Möcht i hoam! Bitte!

MICH: I kann di doch jetzt nit wieder hoambringen! Dei Vater is froh, daß du weg bist! Der nimmt di doch nimmer!

JAKOB: Woll! Nimmt mi schon!

Jakob steigt herunter, sucht seine Schuhe, will sie anziehen.

MICH: *(nimmt ihm die Schuhe weg)* Du bleibst da, hab i gsagt! Mach mi nit narrisch!

JAKOB: *(schaut Mich dabei nicht an)* Fack, blöde! Krüppel, verreckter! I schlag di ab, du Hundsviech, du!

Mich schaut verblüfft, gibt dann Jakob eine Ohrfeige.

MICH: *(deutet zu Jakobs Bett)* Gehst jetzt aufi, oder nit?

Jakob bricht in Tränen aus, steigt in sein Bett hinauf, dreht sich zur Wand und zieht sich die Decke über den Kopf. Mich schaut zu ihm, sein Ausbruch tut ihm leid.

MICH: *(wieder sanft)* Jetzt tua ma amal schlafen, und morgen schau ma weiter ja?

Jakob antwortet nicht.

MICH: Mach ma des so, Jakob?

JAKOB: *(verzagt)* Ja.

Mich legt sich wieder in sein Bett und dreht die Nachttischlampe ab.

JAKOB: Bitte Liacht! Bitte Liacht!

Mich schaltet die Lampe wieder ein.

JAKOB: Gott vergelts!

Mich seufzt auf, dreht sich auch zur Wand.

JAKOB: *(nach einer Weile)* Guat Nacht, Mich!

MICH: Guat Nacht, Mandl. Schlaf gsund, in Gotts Nam.

JAKOB: Gotts Nam.

51. SEE. – *Mich und Jakob stehen am Seeufer. Jakob schaut begeistert aufs Wasser.*

JAKOB: Meer! Delphin!

MICH: Na, des is nit des Meer, Jakob! Des is a See!

JAKOB: Delphin?

MICH: *(lacht)* Na, gibts da koane! Tuats was Kloaners a? Da, schau!

Mich zeigt ins Wasser, ein paar Fische sind zu sehen. Jakob kniet sich hin, schaut fasziniert, fährt mit der Hand ins Wasser, die Fische schwimmen weg, er schaut ihnen nach. Plötzlich fällt ihm etwas ein, er holt aus seiner Hosentasche den geschnitzten Delphin, setzt ihn aufs Wasser, er schwimmt.

JAKOB: *(grinsend)* Meer! Delphin! *(Lacht.)*

MICH: *(Lacht auch)* Und? Willst no hoam?

JAKOB: Na! Nit hoam! *(Steht auf, hüpft herum.)* Alles schaun! Alles schaun!

52. HÜGELKAMM. – *Musik darüber.*
Mich und Jakob (mit Rucksack am Rücken, in dem sich die Jause befindet) marschieren am Hügelkamm entlang, wir sehen sie aus größerer Entfernung als Silhouetten.

53. WALD. – *Musik darüber.*
Jakob kauert bei einem Ameisenhaufen, Mich steht daneben. Jakob betrachtet fasziniert die Ameisen. Er streckt die Hand aus, fährt mit den Fingern leicht in den Haufen, Ameisen kriechen auf

seine Hand, er zieht sie zurück, schaut die Ameisen an. Plötzlich beißt ihn eine, er springt erschreckt hoch, schüttelt die Ameisen von der Hand. Mich lacht.

WINTER

54. WALDLICHTUNG. – *Musik darüber.*
In der Dämmerung. Rotwild an einer Futterkrippe. Wir sehen Jakob und Mich (in Winterkleidung, Jakob mit Zipfelmütze), die zwischen Bäumen stehen und beobachten. Jakob beginnt vor Aufregung und Begeisterung mit dem Oberkörper zu wippen, Mich tippt ihn an und legt den Finger auf den Mund. Sie schauen wieder, wir sehen die Tiere. (Jakob ist nun nicht mehr so geduckt wie früher.)

55. BARACKE (TOTALE). – *Die Kamera fährt auf die Baracke zu. Es ist Tag. Rauch aus dem provisorischen Kaminrohr, das aus der Wand ragt.*

56. WOHNUNG MICH. – *Feuer im Herd. Am Tisch sitzen nebeneinander Mich und Jakob. Auf einem Blatt Papier hat Mich einen Apfel gezeichnet und darunter in Schulschrift das Wort „Apfel" geschrieben. Jakob hat den Apfel nachgezeichnet (gar nicht schlecht) und schreibt jetzt unter großem Gestöhne das Wort hin. Es wird von Buchstabe zu Buchstabe größer und windschiefer. Als er fertig ist, legt Jakob den Bleistift hin, schüttelt seine angestrengte Hand.*

MICH: Na ja, laß ma's gelten. Jetzt lies vor.

Jakob schaut ihn erstaunt an.

MICH: Lies ma des Wort vor!

JAKOB: *(deutet auf sein Wort)* Des da?

MICH: Ja!

JAKOB: *(schaut angestrengt hin)* Kann i nit!

MICH: *(deutet auf das Wort, das er selber geschrieben hat)* Dann lies ma des vor!

Jakob lernt lesen und schnitzen.

Jakob legt den Finger darunter, tut so, als ob er lesen würde, spricht aber nur langgedehnt das Wort „Apfel", wie er es im Dialekt eben sagt.

JAKOB: Äpfö!

MICH: Da steht nit Äpfö, sondern Apfel, du Gauner du!

JAKOB: Des is aber ein Äpfö!

MICH: So sagt ma ja nur im Dialekt! In Schriftdeutsch hoaßt des „Apfel"! Verstehst des nit?

JAKOB: Na, versteh i nit! *(Schiebt das Blatt weg.)* Mag i nimmer!

MICH: Aber du muaßt Schreiben und Lesen lernen, Jakob!

JAKOB: Warum muaß i des?

MICH: Warum, warum? Weil, *(sucht nach Worten)* weil ... Jeder kann des! Jeder!

JAKOB: Jeder?

MICH: Na, sicher!

JAKOB: Mei Vater a?

MICH: Freilich dein Vater a!

JAKOB: *(nach einer Weile)* Guat. Mag i's a lernen!

SPÄTSOMMER

57. RUMMELPLATZ. – *Musik darüber.*
Mich und Jakob fahren in einem Karussell (an Ketten hängende Sessel, die schnell kreisen). Jakob juchzt begeistert auf, Mich hat Angst, hält sich krampfhaft und mit steinerner Miene fest.

58. WOHNUNG MICH. – *Vor dem Tisch sitzt Waltraud, dahinter sitzen nebeneinander Mich und Jakob. Die Illustrierte mit dem Delphinbeitrag liegt vor Jakob aufgeschlagen, er liest – den Finger an der Zeile – stockend daraus vor, auf der Stirn Schweißperlen vor Anstrengung.*

JAKOB: *(liest)* „Hilfe"! schrie die Frau in Todesangst. „Hilfe, zu Hilfe!" Verzweifelt, mit Händen und Füßen, mit Händen und

Füß… *(Er bleibt stecken, beginnt mit dem Oberkörper zu wippen.)*

Mich wird leicht ungeduldig (eine Prüfungssituation für ihn wegen Waltraud), greift Jakob an die Schulter, um seine Bewegung zu stoppen.

MICH: Hör auf, laß des! Tua di konzentrieren!

Jakob nimmt sich zusammen, probiert es wieder.

JAKOB: *(liest)* Verzweifelt, mit Händen und Füßen um sich schlagend, versuchte sie sich über Wasser zu halten.

Jakob blickt auf, wischt sich stöhnend den Schweiß von der Stirn, Mich schaut stolz Waltraud an, die es nicht fassen kann.

59. WALDRAND. – *Musik darüber.*
Haselnußstauden. Mich (mit Rucksack am Rücken) zieht einen Ast herunter, zeigt Jakob die Haselnüsse, dieser reißt eine ab, schaut sie an, weiß nicht, was damit tun, Mich nimmt sie ihm aus der Hand, reiß die Blattumhüllung herunter, macht mit einer zweiten Nuß dasselbe, drückt sie in der Faust gegeneinander, so daß die Schalen zerbrechen, öffnet die Hand, hält sie flach, zeigt auf den Inhalt der Nüsse, gibt Jakob eine Nuß, der steckt sie in den Mund, kaut, es schmeckt ihm, sagt, daß es gut sei, sehr gut. Mich bricht einen Ast ab, um daraus ein Pfeifchen zu schnitzen.

60. BAUM AUF HÜGEL. – *Die Kamera erfaßt zuerst den riesigen Baum in der Totale (damit wir ihn im letzten Bild wiedererkennen), fährt dann auf ihn zu. Mich und Jakob sitzen unter dem Baum. Mich schnitzt aus einem Stück Haselnußholz ein Pfeiferl, Jakob schaut ihm interessiert zu. Das Pfeiferl ist fertig, Mich probiert es aus, es funktioniert, er gibt es Jakob. Dieser bläst hinein, erfreut sich daran, steht auf, hüpft pfeifend um den Baum herum.*

HERBST

61. VOR DEM GASTHAUS. – *Es ist Tag. Mich und Jakob gehen in das Gasthaus. (Mich mit Hut und Mantel, Jakob mit Windjacke, die Hans gehörte.)*

62. GASTHAUS. – *Kartenspieldialog von Männern ist zu hören. Die Tür öffnet sich, Mich und Jakob kommen herein; Mich mit Hut und Mantel, Jakob mit Windjacke. (Jakobs Sprache ist ab nun viel artikulierter.)*

MICH: *(deutet auf einen freien Tisch)* Komm, Mandl, geh ma da umi!

Mich geht ein Stück, merkt, daß Jakob ihm nicht folgt, dreht sich um. Jakob starrt zum Stammtisch. Dort sitzt im Rollstuhl sein Vater, schaut zu Jakob. Er hält Spielkarten in der Hand. Am Tisch sitzen außerdem der Polizist (in Zivil), Lois und Adi. Alle mit Spielkarten in den Händen, alle haben Bier vor sich stehen, Adi auch drei leere Schnapsgläser. Alle schauen sie zu Jakob. An einem anderen Tisch sitzt allein der Afrikaner, hat ein Cola vor sich stehen.

MICH: Griaß enk! *(Zu Jakob:)* Sag griaß di zu deim Vater!

JAKOB: *(steht wie angewurzelt)* Griaß di, Vater!

Hans ist über die Situation äußerst verlegen, er weiß nicht, wie er sich verhalten soll, also verhält er sich brüsk.

HANS: Ja, griaß di! *(Wendet sich wieder den anderen zu.)* Also, was is? Gehts weiter oder nit? *(Gekünstelt lustig:)* Trauts enk nit außer, ha?

ADI: Nit traun, sagt er! *(Knallt eine Karte auf den Tisch.)* Da! Packst des?

Mich geht zu Jakob, der noch immer zu seinem Vetter starrt, führt ihn nicht zu dem Tisch, den er vorher im Auge hatte, sondern zu einem, der ziemlich entfernt vom Stammtisch liegt. Mich hilft Jakob aus der Windjacke, hängt sie auf, hängt auch seinen Mantel und den Hut auf. Jakob war noch nie in einem Gasthaus, er schaut sich erstaunt um.

MICH: *(deutet)* Setz di nieder!

Jakob und Mich setzen sich, Jakob schaut sich wieder um. An einem Tisch sitzen vier Wandertouristen (drei Männer, eine Frau), nehmen eine Mahlzeit ein. Zwei von ihnen schauen zu Jakob her, er schaut unverwandt zurück, sie senken ihren Blick. An einem anderen Tisch sitzen zwei einheimische Männer, sie starren auf Jakob und dann zu Hans hinüber, tuscheln miteinander. Jakob folgt ihrem Blick zu seinem Vater. Mich sieht es auch, fühlt sich unwohl, holt Pfeife und Tabaksbeutel hervor, stopft seine Pfeife, zündet sie dann an.

JAKOB: *(zu seinem Vater deutend)* Des is mei Vater!

MICH: Ja, des is er.

JAKOB: Aber du bist mei Dati!

MICH: Ja, fein.

Die Kellnerin bringt von der Theke her den beiden Einheimischen Bier, auf dem Rückweg kommt sie zu Mich und Jakob.

KELLNERIN: *(nicht unfreundlich)* Griaß di, Mich! Was wollts?

MICH: Mir bringst a Bier und dem Buam a Paarl Würstel und a Limo.

KELLNERIN: Is guat. *(Geht weg.)*

JAKOB: Gibt mir de was zum Essen?

MICH: *(lacht)* Ja, i hoffs! Woaßt, Mandl, des is a Gasthaus. Da kann ma sich was zum Essen und Trinken bestellen.

JAKOB: Des is aber praktisch.

MICH: Wenn ma a Geld hat, schon!

Jakob schaut wieder zu seinem Vater. Sie haben gerade ein Spiel beendet, Adi sammelt die Karten ein. Hans winkt dem Afrikaner, dieser kommt zu ihm, fährt Hans mit dem Rollstuhl in Richtung Klo, sie kommen dabei am Tisch von Mich und Jakob vorbei. Hans vermeidet es, seinen Sohn anzusehen. Jakob schaut ihm nach.

JAKOB: Er kann nimmer gehn.

MICH: Na. Gelähmt is er.

JAKOB: Gelähmt?

MICH: Ja, gelähmt hoaßt ma des.

JAKOB: Armer Vater!

MICH: Ja. Der is gschlagen.

ADI: *(ruft herüber)* He, Mich!

MICH: *(dreht sich zu ihm)* Was is, Adi?

ADI: Wia tuats dir denn, mit deim Halblappen?

MICH: Geht schon. Dank der Nachfrag!

ADI: Du hast was übrig für Halblappen, gell?

MICH: Ja freilich. Deswegen mag i ja di a!

Lois und der Polizist lachen. Die anderen Gäste schauen her. Die Touristen wissen aber nicht genau, worum es geht.

LOIS: Der Mich bleibt dir nix schuldig, was, Adi? Der is a nit aufs Maul gfallen!

ADI: Der werd aber bald aufs Maul fallen!

POLIZIST: Geh, komm, beruhig di!

ADI: Ja, soll i mi pflanzen lassen von dem alten Deppen?

MICH: Des will i liaber nit ghört haben, Adi!

LOIS: Wer hat denn angfangen, ha?

ADI: Wenn i den scho seh, den Rübezahl, den verpatzten! Mit sein Halblappen!

Mich dreht sich mit dem ganzen Körper zu Adi. Jakob kommt nicht mit, ist aber beunruhigt.

POLIZIST: *(verärgert)* Jetzt hör schon auf stänkern, Adi! Sonst gehst hoam!

ADI: *(wird leiser)* Weils wahr is! De ghörn ja da gar nit eina! *(Trinkt von seinem Bier.)*

Der Afrikaner kommt mit Hans vom Klo zurück, schiebt ihn wieder am Tisch von Mich und Jakob vorbei. Mich dreht sich wieder her.

JAKOB: I kann lesen, Vater!

Der Afrikaner hält mit dem Rollstuhl an.

HANS: Ah so?

JAKOB: I lies dir was vor! *(Er steht auf, holt aus seiner Windjacke die Illustrierte, setzt sich wieder, schlägt den Delphinartikel auf, beginnt blitzartig „vorzulesen", weil er den Artikel mittlerweile auswendig kann:)* „Hilfe!" schrie die Frau in Todesangst. „Hilfe, zu Hilfe!" Verzweifelt, mit Händen und Füßen um sich schlagend, versuchte sie sich –

Hans will nicht zuhören, fährt mit dem Rollstuhl los und zum Stammtisch zurück. Der Afrikaner ist der Meinung, Hans hätte seinem Sohn ruhig zuhören können, aber allein kann er auch nicht stehenbleiben, so geht er ebenfalls zu seinem Tisch zurück. Jakob hat nicht bemerkt, daß sein Vater weggefahren ist.

JAKOB: *(liest weiter)* – über Wasser zu halten. Aber erbarmungslos wurde sie von der reißenden Strömung hinab in die Tiefe gezogen. Nach Luft schnappend, schluckte sie literweise Meerwasser, dann verlor sie das Bewußtsein. Sie merkte nicht mehr, wie sie von unten angehoben, gestoßen, geschoben –

Mich legt seine Hand aufs Blatt, Jakob schaut ihn an, schaut an die Stelle, wo sein Vater war, sieht, daß er weg ist, schaut zum Stammtisch hinüber. Hans trinkt von seinem Bier. Der Polizist und Lois sind erstaunt, daß Jakob lesen kann.

ADI: *(zu Hans)* Siehgst es, du hast immer glaubt, dei Bua hat an Dachschaden! Dabei is er Hochschulprofessor!

Die Stammtischrunde (v. l. n. r.): der Polizist (Georg Einerdinger), Lois (Hans Meilhamer) und Adi (Kurt Weinzierl).

Jakob: "Des is mei Vater! - Aber du bist mei Dati!"

Hans starrt vor sich hin.

JAKOB: *(Richtung Hans)* Zwei Delphine ham sie gerettet! Die Delphine tuan immer Menschen retten!

Hans schaut nicht zu Jakob. Der Bürgermeister (zugleich der Wirt hier) kommt herein, sieht die Leute am Stammtisch.

BÜRGERMEISTER: *(aufgeräumt)* Griaß enk! Paßt alles?

HANS: *(ruhig, kalt zu Adi)* Willst du was von mir?

ADI: *(seine Stänkerei schlägt in Zorn um)* Nix will i von dir! I will doch von an Krüppel nix!

Hans sitzt rechts von Adi. Mit der linken Hand reißt er Adi am Hemdkragen blitzschnell vom Stuhl, die rechte Faust knallt er ihm mehrmals wie ein Automat auf die Nase, der Polizist springt auf, reißt den Rollstuhl zurück, dadurch fällt Hans aus dem Stuhl und mit Adi zu Boden.

POLIZIST: Scheiße! Was is denn des?

Er packt Hans, Lois steht auf, hilft ihm, sie setzen Hans wieder in den Stuhl, das heißt, der Polizist wirft ihn zornig hinein. Adi liegt mit gebrochenem Nasenbein am Boden, blutet.

ADI: *(zu Hans)* Du Schwein! Du Schwein, du! *(Hält sich die Nase.)* Mei Nasen is hin! Mei Nasen in hin!

POLIZIST: *(zum Afrikaner)* Du bringst ihn *(deutet auf Hans)* jetzt hoam!

Der Afrikaner steht auf, holt den Anorak von Hans und den eigenen, Hans zieht seine Geldtasche hervor.

BÜRGERMEISTER: Laß des, schau daß d' weiterkommst! Du hast ab jetzt Lokalverbot!

Der Afrikaner legt beide Anoraks Hans auf den Schoß.

BÜRGERMEISTER: Samt dein Chauffeur!

Der Afrikaner schiebt Hans hinaus. Die Touristen haben erschrocken die Vorgänge beobachtet, die zwei Einheimischen eher neugierig, die Kellnerin eher gleichmütig, Mich versteht Hans am besten, Jakob hat zuerst starr zugeschaut und beginnt jetzt vor Schrecken und Aufregung mit dem Oberkörper zu wippen, Mich legt ihm beruhigend die Hand auf den Arm.

BÜRGERMEISTER: Und du laßt di a nimmer blicken da, Adi! *(Zu den Touristen:)* Tuat ma wahnsinnig leid, Herrschaften, sowas kommt normalerweis bei uns nit vor!

ADI: *(jammernd)* Mei Nasen is hin!

63. HOF (TOTALE). – *Ein neues Moped steht vor dem Eingang. Der Opel in der Nähe.*

64. WOHNKÜCHE. – *Wir sehen formatfüllend ein Computerspiel. Ein Rennauto ist unterwegs auf einer Autobahn an einem Dünenstrand. Wir sehen Seppi auf dem Diwan sitzen. Er hat das Steuergerät auf den Knien, steuert damit begeistert das Auto am Fernsehbildschirm. Hans sitzt mit Bierflasche und Zigarette im Rollstuhl neben ihm, freut sich, daß Seppi so hingerissen ist. Die Packung, in der das Gerät verstaut war, liegt neben Seppi auf dem Diwan. Neben und im Waschbecken eine Menge ungewaschenes Geschirr.*

SEPPI: Ma, super! Super! Danke, Hans! Sowas Tolles hab i no nia zum Geburtstag kriagt!

Der Wagen fährt in einer Kurve hinaus.

SEPPI: Oh, Scheiße!

HANS: Du muaßt vor die Kurven abbremsen! 190 hast draufghabt!

Seppi fährt weiter, kommt auf eine lange Gerade, wird immer schneller. Waltraud schaut in Arbeitskleidung bei der Tür herein, ärgert sich, weil Hans dem Seppi schon wieder ein teures Geschenk gemacht hat.

WALTRAUD: Kannst ma nit a bißl im Stall helfen, Seppi?

HANS: *(starrt zum Fernseher)* Ausweichen, ausweichen! Du bist zu schnell!

Wir sehen am Bildschirm, daß Seppis Auto mit einem anderen Wagen kollidiert.

SEPPI: Da is ja Gegenverkehr auf der Rennbahn! Wo gibts denn sowas?

HANS: *(grinst)* Also, Rennfahrer werst du koaner, Seppi! Bleib liaber beim Traktor! Da hauts di nit so glei außi!

WALTRAUD: Bist du schwerhörig, Seppi? I hab di was gfragt!

SEPPI: *(fährt weiter)* Ja, glei! I komm glei!

HANS: *(zu Waltraud)* Wozu hast'n dein Neger? Tuat er nix, der faule Hund?

WALTRAUD: Red du nit von an faulen Hund, ja? Was tuast'n du? Zwoa Händ hast ja no, oder? Zum Naseneinschlagen bist ja a fähig! Wasch des Gschirr ab, wenigstens!

Sie knallt die Tür zu, Seppi ist peinlich berührt, stoppt das Bild, schaut zu Hans, der vor sich hinstarrt.

SEPPI: I muaß dir was sagen, Onkel Hans. I sollt dir's scho lang sagen.

HANS: Was?

SEPPI: I derf nit Bauer werden.

Hans schaut ihn an.

SEPPI: Die Mama war schon immer dagegen. Und jetzt a der Papa.

Hans senkt den Kopf.

SEPPI: Die Landwirtschaft tragt nix mehr, sagen sie. Außer, ma is ganz a großer Bauer. Wennst am See an Grund hättest, dann könnt ma drüber reden, moanen sie. Weil da was im Gang is. Da werd jetzt umgewidmet, von der Gemeinde. In Bauland. Wegan Fremdenverkehr. Wochenendhäuser und so. Aber du hast koan Grund mehr am See. *(Merkt, daß Hans von der Nachricht ganz zerstört ist.)* Tuat ma leid, Hans. *(Schaltet das Gerät aus.)* I hilf jetzt no der Waltraud im Stall, dann muaß i hoam. *(Geht hinaus.)*

Hans sitzt in seinem Rollstuhl, starrt vor sich hin.

65. HAUSFLUR/BLICK IN DIE KÜCHE. – *Abend. Waltraud und der Afrikaner kommen bei der Haustür herein, er trägt einen Kübel mit Milch. Sie geht voraus zur Tür der Wohnküche, drückt die Klinke nieder, will aufmachen, aber es gibt drinnen einen Widerstand. Sie schaut erstaunt den Afrikaner an, der drückt auch mit einer Hand, die Tür öffnet sich nur ein wenig. Er stellt den Kübel ab, drückt mit beiden Händen gegen die Tür, schiebt sie langsam auf. Der Blick in die Küche wird frei, mitten im Raum liegt am Rücken der Rollstuhl.*

66. WOHNKÜCHE. – *Der Afrikaner und Waltraud stehen in der Tür, schauen auf den Rollstuhl. Sie kommen beide herein, schauen hinter die aufgedrückte Tür. Hans hat sich mit einer Wäscheleine an der Türklinke erhängt.*

67. VOR DER TOTENKAPELLE. – *Tag. Mich und Jakob gehen auf die Kapelle zu, Mich öffnet die Tür, sie gehen hinein.*

68. TOTENKAPELLE. – *Mich und Jakob kommen herein, Mich schließt die Tür, nimmt Jakob am Arm, führt ihn zu einem offenen Sarg, in dem Hans im Sonntagsanzug liegt, zwischen den überein-*

andergelegten Händen einen Rosenkranz. Mich bekreuzigt sich, Jakob schaut fassungslos auf seinen Vater. Nach einer Weile geht er ganz nahe hin, schaut seinem Vater ins Gesicht, stupst ihn dann an der Brust an, wie er das Kätzchen angestupst hat. Er schaut Mich an, verzieht verzweifelt das Gesicht, schaut wieder auf Hans, beginnt mit dem Oberkörper zu wippen und dazu zu brummen.

69. LANDSTRASSE. – *Der Opel von Hans fährt die Straße entlang. Am Steuer der Afrikaner, Waltraud schwarzgekleidet neben ihm.*

70. WOHNUNG MICH. – *Auf dem Tisch Schnitzwerkzeuge, Holzspäne vom Schnitzen und ein paar geschnitzte, noch unbemalte Krippenfiguren (Jesuskind, zwei Hirten, drei Lämmer, wobei ein Hirte und ein Lamm noch unfertig sind). Am Tisch sitzen Mich und Jakob, vor sich Kaffeetassen. Mich raucht seine Pfeife. Im Herd Feuer.*

MICH: Schau, Mandl! Zerst kommst auf die Welt, dann bist a Kind, dann werst groß, dann werst alt, dann stirbst.

JAKOB: *(denkt nach, dann)* Stirbst du a?

MICH: Ja, freilich.

JAKOB: Mag i aber nit.

MICH: Jeder muaß sterben. Aber woaßt, deswegen brauchst nit traurig sein. Hasts ja gsehn: Wenn der Sommer vorbei is, dann stirbt alles ab. Des Gras, die Blumen, die Bäum, alles stirbt ab. Aber es is nit tot. Nit wirklich. Tuat alles nur ausrasten. Und im Frühling fangt alles wieder an. Des Gras wachst, die Blumen blühen, die Bäum treiben aus. Und so is des bei uns Menschen a. *(Zieht an seiner Pfeife.)* Denk i ma halt.

Jakob denkt angestrengt nach, beginnt mit dem Oberkörper zu wippen. Das Geräusch des Opels nähert sich draußen, Mich horcht auf.

71. VOR BARACKE. – *Der Opel von Hans fährt vor, am Steuer der Afrikaner, neben ihm Waltraud in Trauerkleidung. Waltraud steigt aus, der Afrikaner bleibt im Auto sitzen, zündet sich eine Zigarette an.*

72. WOHNUNG MICH. – *Mich steht jetzt und schaut bei einem*

Fenster hinaus, dreht sich nun zur Tür um. Jakob starrt vor sich hin und denkt über den Tod nach. Es wird an die Tür geklopft.

MICH: Ja?

Die Tür öffnet sich, Waltraud kommt in ihrer Trauerkleidung herein.

WALTRAUD: I möcht den Buam mitnehmen.

MICH: *(nickt)* Hab ma's eh denkt.

WALTRAUD: *(zu Jakob)* Pack zamm, dann gehn ma!

JAKOB: *(nimmt das Jesuskind)* Schau, Muatter, des hab i gmacht! Christkindl!

WALTRAUD: *(schaut nur flüchtig hin)* Ja, schön. Komm jetzt, tua weiter!

JAKOB: Wo gehn ma hin?

WALTRAUD: Ja, hoam, wohin sonst?

Jakob denkt eine Weile nach, schaut dann die Mutter an.

JAKOB: Mag i aber nit!

WALTRAUD: Was hoaßt, du magst nit?

JAKOB: I bleib da!

Waltraud setzt sich zu ihm, nimmt seine Hand.

WALTRAUD: Du kommst nimmer in Keller! Bestimmt nit!

JAKOB: *(schüttelt den Kopf)* I bleib da!

Waltraud schaut Mich an.

MICH: Schau, Mandl! Sie is dei Muatter. Es is ihr Recht.

JAKOB: *(ruhig, aber stur)* Na, i bleib da!

Waltraud steht zornig auf und geht hinaus.

MICH: Warum willst denn nimmer hoam?

JAKOB: Tua i mi fürchten!

MICH: Bei mir hast di a gfürcht am Anfang. Du gewöhnst di schon wieder.

JAKOB: Na, gwöhn i mi nit! Soll sie den Seppi nehmen!

Mich schaut ihn hilflos an. Waltraud kommt mit dem Afrikaner wieder herein.

WALTRAUD: Also, was is jetzt?

MICH: Er geht nit!

Waltraud schaut ihn empört an.

MICH: Ja, was soll i machen? I hab ihm eh zuagredet!

WALTRAUD: Tua nit so! Abspenstig gmacht hast ma'n! Werst uns schon ausgrichtet haben, ständig! *(Zum Afrikaner:)* Los! Hol ihn außer!

Der Afrikaner ist unentschlossen, will das eigentlich nicht.

WALTRAUD: Ja, los, tua schon!

Der Afrikaner geht zu Jakob, will ihn hinter dem Tisch hervorziehen, Jakob spreizt sich ab, das Jesuskind fällt auf den Boden, Waltraud packt nun ebenfalls Jakob, aber dieser stemmt sich so ab, daß die beiden keine Chance haben. Der Afrikaner mag nicht mehr und läßt Jakob los, auch Waltraud gibt auf.

WALTRAUD: Na guat, dann soll des die Behörde machen!

Sie geht hinaus, der Afrikaner schaut Mich und Jakob an, folgt Waltraud, schließt die Tür hinter sich.

JAKOB: *(zu Mich)* Du bist mei Dati!

Mich ist gerührt, aber er weiß, daß er verlieren wird.

WINTER

73. WEG AM DORFRAND. – *Vier Buben (12 Jahre alt) mit Schulrucksäcken machen eine Schneeballschlacht. Jakob kommt mit einer Milchkanne daher, schaut lachend zu, stellt dann die Kanne in den Schnee, macht einen Schneeball, wirft ihn auf die Buben. Diese bemerken das zuerst gar nicht, Jakob schießt noch zwei weitere Bälle auf sie, dann werden sie auf ihn aufmerksam, erwählen ihn zum Ziel und decken ihn mit einem Hagel von Geschoßen ein. Jakob weicht den Bällen nicht aus, wehrt sie auch nicht ab, sondern läßt sie lachend an sich abprallen. Die Buben nähern sich ihm, umringen ihn, bewerfen ihn mit Fontänen von Schnee, reißen ihn zu Boden, reiben sein Gesicht brutal mit Schnee ein, laufen dann johlend davon. Jakob richtet sich auf, er blutet aus der Nase, schaut ihnen immer noch lachend nach.*

74. GASTHAUS. – *Tag. An einem Tisch zwei Touristen, und zwar ein Ehepaar mittleren Alters in Langlaufkleidung. Sie essen Schweinebraten mit Knödel und Sauerkraut. An einem anderen Tisch Mich und Jakob. Letzterer ißt mit großem Appetit seine ob-*

ligaten Würstel, trinkt ein Spezi dazu. Mich trinkt Bier, raucht seine Pfeife, liest eine Zeitung. Am Stammtisch sitzen Adi (mit Narbe auf der Nase), der Polizist (in Zivil) und Lois. Alle drei mit Biergläsern, Adi hat außerdem zwei leere Schnapsgläser vor sich. Der Polizist baut ein Kartenhaus.

ADI: *(ist betrunken, schaut zu Jakob)* Jetzt schauts euch an, wie er's einipampft, der Giftzwerg! Als ob er scho drei Wochen nix mehr kriagt hätt!

LOIS: Laß'n pampfen! Bists ihm neidig?

ADI: I sag ja nur! Des muaßt dir anschaun! Der frißt ja wia a Viech! A Schand is des!

Mich wendet sich Adi zu, schaut ihn ruhig an. Jakob schaut auch zu Adi, hat ihn verstanden, bemüht sich nun, langsam und ordentlich zu essen. Mich wendet sich wieder zu Jakob, lächelt ihm aufmunternd zu, macht eine wegwerfende Handbewegung in Richtung Adi.

KELLNERIN: *(hinter der Theke)* Du werst glei wieder Lokalverbot haben, Adi!

ADI: Ja, wieso denn i? I bin ja normal! Da drüben sitzt der Depperte! Mit so oan geht ma doch nit ins Wirtshaus! So an Anblick kann ma ja koan normalen Menschen zuamuaten! Der ghört ja ins Narrenhaus!

POLIZIST: Jetzt gib a Ruah, bittschön! Muaßt ja nit hinschauen!

ADI: Es geht ja nit um mi! Verstehst? Es geht ja nit um mi!
POLIZIST: Um wen dann?

ADI: *(leiser, schaut zu den Touristen)* Um die Fremden! Um die Gäste! Glaubst, des is a Reklame für uns?

POLIZIST: Was du für an Schmarrn redst! Wegen de zwoa Fremden! Des is doch denen Wurscht!

LOIS: Moan i a!

ADI: Na, des is denen nit Wurscht, wenn da so a trensater Heudepp herumsitzt!

LOIS: Woaßt was, Adi? I wett a Faßl Bier mit dir, daß denen des wurscht is!

ADI: A Faßl Bier? Guat! Eingschlagen! *(Gibt Lois die Hand.)* Die Polizei ist Zeuge!

POLIZIST: Is scho guat, ja.
ADI: Dann wer i s' glei fragen, de zwoa!

LOIS: Tua des!

ADI: Und ob i des tua! *(Steht auf.)*

LOIS: *(grinst)* Da bin i gspannt!

Adi schaut zu den Touristen, gibt sich einen Ruck, geht leicht schwankend zu ihnen, stützt sich mit beiden Händen auf den Tisch, fällt fast darüber, der Tourist und seine Frau schrecken unangenehm berührt zurück.

ADI: Entschuldigung, die Herrschaften, dürft i die Herrschaften was fragen?

TOURIST: *(indigniert)* Ja, bitte?

Adi nimmt sich einen Stuhl, dreht ihn um, setzt sich drauf, stützt sich an der Lehne ab, kippt mit dem Stuhl gegen den Tisch, die Touristen ärgern sich.

ADI: Ja, also, i möcht Sie fragen, ob's Ihnen was ausmacht, daß der Bua, der Dings da drüben *(deutet auf Jakob)*, der Depperte da drüben, ob Ihnen des was ausmacht?

TOURIST: Wie meinen Sie das?

ADI: Na, i moan, ob er Sie nicht stört?

TOURIST: Stört? Nein. Eigentlich nicht.

TOURISTIN: Na entschuldige, Dieter, gerade appetitlich ist das nicht beim Essen!

TOURIST: Nu mach mal'n Punkt, ja?!

TOURISTIN: *(gereizt)* Okay, bitte, wie du meinst!

TOURIST: Also, Sie hören, wir haben uns geeinigt, der Junge stört uns nicht!

ADI: Ah, nit?

TOURIST: Nein!

ADI: *(zur Frau)* Wirklich nit?

TOURIST: Nein, wirklich nicht!

ADI: *(zur Frau)* Aber appetitlich is des nit, gell, Frau?

Die Touristin ißt, schaut ihn nicht an.

TOURIST: Dürften wir jetzt bitte in Ruhe essen?

ADI: Ja, logisch … *(Steht auf.)* Nix für unguat, wiederschaun!

Adi geht zum Stammtisch zurück.

TOURIST: Was soll denn das, Elfriede? Der Mann ist doch sternhagelblau! Willst du unbedingt ne Schlägerei erleben?

Die zwei am Stammtisch empfangen Adi grinsend, sie haben alles beobachtet. Adi setzt sich.

ADI: Freilich stört er sie! Aber sie traun sich's nit offen zu sagen!

LOIS: Geh, hör auf! Mir ham ja zuaghört! Des Faßl is fällig!

Der Bürgermeister kommt herein, sieht Mich und Jakob, sieht die Touristen, die mit dem Essen fertig sind.

ADI: Nix is fällig, aber scho gar – *(Sieht den Bürgermeister, verstummt.)*

BÜRGERMEISTER: *(zu den Touristen)* Grüß Gott, die Herrschaften! Sind Sie zufrieden, hats geschmeckt?

TOURIST: *(verärgert wegen des Vorfalls)* Danke, war soweit in Ordnung.

BÜRGERMEISTER: Fein! Fein! Wünsche noch einen angenehmen Aufenthalt! *(Geht zum Stammtisch.)* Habts no a Platzl für mi? *(Setzt sich.)*

ADI: Sowieso!

TOURIST: *(im Hintergrund)* Zahlen, bitte!

ADI: I muaß eh was reden mit dir!

BÜRGERMEISTER: Was is los, Adi?

ADI: Findest du des richtig, daß der Plattl-Mich alleweil mit sein Deppen daherkommt? *(Deutet auf die Touristen, die eben bei der Kellnerin zahlen.)* Glaubst, des is a Reklame für uns?

Der Bürgermeister schaut zu den Touristen, die aufstehen und sich anziehen.

BÜRGERMEISTER: Wiederschaun, die Herrschaften!

TOURIST: Wiederschaun.

Die Touristen gehen zur Tür, die Touristin wirft einen Blick zu Jakob zurück, der Bürgermeister sieht den Blick.

ADI: Was glaubst, warum die so schnell gehn? Stell dir vor, was los is, wenn die Saison kommt!

Der Bürgermeister schaut zu Mich und Jakob, steht auf, geht zu ihnen.

BÜRGERMEISTER: Griaß di, Mich!

MICH: Ah, der Herr Bürgermeister!

JAKOB: Der Herr Bürgermeister!

Der Bürgermeister beachtet Jakob nicht, setzt sich.

BÜRGERMEISTER: Du woaßt, i hab immer was für di übrig ghabt, Mich. Die Gemeinde hat dir an Posten als Straßenkehrer geben, wia du mit deiner Tischlerei eingangen bist. Hat dir des Häusl zur Verfügung gstellt, ganz billig. Die Miete hamma seit 15 Jahr nit erhöht.

MICH: Ja, woaß i alles. Was willst von mir?

BÜRGERMEISTER: Als erstes möcht i di bitten, daß du mit dem Buam nimmer in mei Lokal kommst. Nit wegen mir. Mir is des wurscht. Wegen die Fremden, verstehst? Mir bringen unsern See immer mehr ins Gespräch, geben an Haufen Geld aus für Werbung, schaun, daß die Segler kommen, die Surfer. Junge, moderne, aktive Menschen. Des da *(deutet um sich)* wer i a alles modernisieren. Daß es dazuapaßt. Und wenn du da mit dem Buam … Verstehst mi schon, oder?

Jakob hat den Bürgermeister angestrengt angeschaut, um zu verstehen, was er meint. Die anderen schauen vom Stammtisch her.

JAKOB: *(zum Bürgermeister)* I hab jetzt a Christkindl gmacht!

Jakob zieht das Christkind hervor, zeigt es dem Bürgermeister, der schaut nur kurz drauf.

MICH: Und was is des zweite?

BÜRGERMEISTER: Des zweite is, mir brauchen dei Häusl. Da kommt der neue Bauhof hin. Mir müssen alles vergrößern, wegen der neuen Strandanlagen, woaßt.

Mich schaut ihn bewegungslos an.

BÜRGERMEISTER: Sei Muatter *(deutet auf Jakob)* war bei mir. Hat a Mordstheater gmacht. Aber i hab alles gemanagt, keine Sorge, Mich! Zwoa Fliegen auf oan Schlag! Du darfst bei ihr wohnen.

MICH: *(lächelt)* Bist wirklich a raffinierter Hund!

BÜRGERMEISTER: *(stolz)* Gell!

MICH: Dürf ma no bis zum dritten Adventsonntag bleiben, im Häusl?

BÜRGERMEISTER: Ja, sicher, warum nit? *(Steht auf.)* Trink in Ruhe dei Bier aus. *(Geht zum Stammtisch, setzt sich dort hin.)*

MICH: *(schaut Jakob an)* Hast verstanden?

JAKOB: Na!

MICH: Sie reißen mir's Häusl ab!

JAKOB: Mag i aber nit!

MICH: Des is denen gleich, ob du des magst oder nit! Jedenfalls steh ma dann auf der Straßen.

JAKOB: *(überlegt eine Weile; dann)* Guat. Geh ma zur Muatter.

Mich legt ihm erleichtert die Hand auf den Arm.

75. VOR DER BARACKE. – *Mich und Jakob kommen aus der Baracke. Mich trägt seinen leeren Rucksack, hat einen Gehstock, Jakob trägt eine leere Milchkanne.*

MICH: Tuast aber nit herumstrawanzen. Gehst bald wieder hoam, gell?

JAKOB: Ja, geh i bald wieder hoam.

MICH: I komm nacha a bald. Heut gibts nämlich a große Überraschung, Mandl!

JAKOB: Überraschung?

MICH: Ja, eine Überraschung!

JAKOB: *(lacht)* Mag i gern, Überraschung!

MICH: Also, pfiat di derweil!

JAKOB: Pfiat di, Dati!

Mich geht in Richtung Straße davon, Jakob schaut ihm nach, geht dann in die entgegengesetzte Richtung.

76. WOHNUNG MICH. – *Im Raum schon etwas dämmrig. Irgendwo ein Adventkranz, von dem bereits drei Kerzen ein Stück heruntergebrannt sind. An einer Wand ein Abreißkalender, der den 17. Dezember anzeigt, einen Freitag. Auf der Anrichte steht eine alpenländische Weihnachtskrippe, die Mich mit Jakob gebastelt hat. Ein gebogener Wurzelstock bildet die Höhle. In der Krippe liegt schon das von Jakob geschnitzte Jesuskind, auch der Ochs steht da, ebenso Maria, der Josef fehlt noch. Auch die zwei Hirten und die drei Lämmer stehen schon in der mit Moos bedeckten Krippenlandschaft. Alle Figuren sind jetzt bemalt. Jakob sitzt am Tisch und bemalt sorgfältig den Heiligen Josef. Vor ihm auf Zeitungspapier verschiedene Farbtöpfchen und Pinsel sowie der noch nicht angemalte Esel.*

JAKOB: Der Dati is aber lang aus heut. Lang aus. Kommt er nit bald, ha? Woll, woll, kommt ja bald. Kommt ja.

Der Josef ist fertig angemalt, Jakob nimmt ihn ganz vorsichtig unten, trägt ihn zur Krippe, stellt ihn in die Höhle, schaltet mit einem Druckknopf das Licht in der Höhle an, gleichzeitig beginnt damit ein Lagerfeuer auf dem Krippenberg rot zu glühen. Jakob schaut ganz glückselig, nimmt das Jesuskind heraus, streichelt es, legt es wieder zurück, stellt die Heilige Maria ganz nahe zu ihrem

Kind. Die Tür öffnet sich, Jakob dreht sich um, Mich kommt herein, schaut müde aus.

JAKOB: Dati! Griaß di, Dati!

MICH: Griaß di, Mandl! Hat doch a bißl länger dauert!

Mich hängt seinen Hut auf, Jakob nimmt ihm den Rucksack ab, stellt ihn weg, hilft Mich aus dem Mantel, hängt ihn auf.

JAKOB: Der Josef is fertig, Dati! Schau! *(Deutet hin.)*

Mich geht zur Krippe, schaut den Josef an.

MICH: Schön hast des gmacht! Ganz schön!

JAKOB: Schön hab i des gmacht!

MICH: *(setzt sich)* Ja, schön!

Mich will sich zu seinen Schuhen bücken, aber Jakob kniet sich schon hin, macht ihm die Schuhe auf, zieht sie ihm aus, schaut zu ihm hoch.

JAKOB: Bist du müad, Dati?

MICH: A bißl, ja.

Jakob stellt die Schuhe weg, holt Pantoffeln, Mich schlüpft hinein.

JAKOB: Legst di nieder.

MICH: Zum Niederlegen hab i jetzt koa Zeit, Mandl, weil jetzt kommt dann die Überraschung! Aber zerst mach ma uns an guaten Kakao.

JAKOB: Ah, fein, Kakao! – Große Überraschung, ha?

MICH: *(geht zum Herd)* Na ja … werst scho sehn … *(Öffnet die Luke des Feuerherdes, Kohle glimmt.)* Hamma no a Feuer? Woll, hamma.

Mich legt Holz nach, nimmt dann einen Topf, schüttet Milch hinein, stellt den Topf auf die Herdplatte. Jakob hat sich inzwischen wieder gesetzt und beginnt den Esel zu bemalen. Ein Märchenbuch auf der Fensterbank fällt ihm ins Auge.

JAKOB: Entlein!

MICH: *(dreht sich um)* Was sagst?

JAKOB: *(nimmt das Buch)* Entlein! Schiaches Entlein!

MICH: Ja guat. Lies i dir vor, bis die Milch hoaß is. *(Geht zu Jakob, nimmt das Buch, schaltet das Licht ein, setzt sich, schlägt das Buch auf, wo ein Lesezeichen eingelegt ist, setzt seine Brille auf, schaut ins Buch.)* Wo hamma denn aufghört, gestern, ha? Ah – da, moan i! Wie sie ordentlich gehn lernen, die Enten. Wo die oane des häßliche Entlein beißt.

JAKOB: Ja, beißt! *(Beginnt dann wieder zu malen.)*

MICH: Also, nacha! *(Beginnt zu lesen:)* „Laß es in Ruhe!" sagte die Mutter, „es tut ja niemandem etwas!" – „Ja, aber es ist zu groß und zu ungewöhnlich", sagte die beißende Ente, „und darum muß es gepufft werden. Die anderen Kinder sind ja hübsch, aber das hier ist nicht geglückt; ich wünschte, daß Sie es umarbeiten könnte."

Jakob hört zu malen auf, stellt den Esel hin, legt den Pinsel weg, lauscht aufmerksam, beginnt eine Verbindung zu sich herzustellen.

MICH: *(liest weiter)* „Das geht nicht, Ihro Gnaden", sagte die Entenmutter. „Es ist zwar nicht hübsch, aber innerlich ist es gut, und es schwimmt so herrlich wie keins von den anderen. Es ist überdies ein Enterich, und darum macht es nicht soviel aus. Ich denke, er bekommt gute Kräfte, er schlägt sich schon durch!"

JAKOB: Schlägt sich schon durch!

MICH: *(liest weiter)* Obwohl die Mutter es zu schützen suchte, wurde das arme Entlein weiterhin von den Enten und den Hühnern gebissen, gepufft und zum besten gehabt.

JAKOB: Gepufft?

MICH: Gepufft, ja. *(Stößt mit der Faust gegen den Oberarm von Jakob.)* Des hoaßt ma puffen.

JAKOB: Mag i aber nit.

MICH: I glaub, mir lassen des, Mandl. Des is koa nettes Märchen.

JAKOB: Na! Will i aber wissen! *(Zeigt auf das Buch.)* Weiterlesen!

MICH: *(schaut ihn an, liest weiter)* Das arme Entlein wußte weder, wo es stehen noch gehen sollte; es war so betrübt, weil es so häßlich aussah und vom ganzen Entenhofe verspottet wurde. Von allen wurde es gejagt, selbst seine Geschwister waren so böse zu ihm und sagten immer: „Wenn dich die Katze nur fangen möchte, du häßliches Stück!"

JAKOB: *(betrübt)* Häßliches Stück!

MICH: *(liest weiter)* Und der Vater sagte: „Wenn du nur weit fort wärst!" *(Schaut auf.)* Na, jetzt reichts aber!

JAKOB: *(traurig)* Fort wärst!

MICH: Ja. Aber i habs dir eh schon gsagt, Mandl: Aus dem häßlichen Entlein wird ein schöner Schwan!

JAKOB: *(freut sich)* Schöner Schwan!

MICH: Ja freilich! *(Klappt das Buch zu, legt es weg.)* So, jetzt mach ma uns an Kakao! *(Geht zum Herd, gibt Kakao in die Milch, rührt um.)*

JAKOB: *(will aufstehen)* Schalelen …

MICH: Na, na, bleib nur sitzen, Mandl! Heut werst du bedient! *(Holt zwei Schalen von der Stellage, schüttet aus dem Topf Kakao hinein, bringt die Schalen zum Tisch.)*

JAKOB: *(währenddessen erstaunt)* Heut wer i bedient?

MICH: Ja, heut wirst du bedient! *(Zieht das Zeitungspapier mit den Utensilien beiseite, holt ein Messer.)*

JAKOB: Heut wer i bedient! Mag i gern!

MICH: *(lacht)* Ja, des mag a jeder!

Mich geht zum Rucksack, stellt sich so, daß Jakob nicht sieht, was er tut, holt aus dem Rucksack einen Guglhupf, packt ihn aus, holt vier Kerzen aus seiner Rocktasche, steckt sie in den Kuchen, zündet sie mit seinem Feuerzeug an. Jakob schaut neugierig zu ihm, beugt sich beiseite, um zu sehen, was er macht.

JAKOB: Tuast'n du da?

MICH: Werst glei sehn!

Mich nimmt den Gugglhupf, dreht sich um, Jakob schaut erstaunt auf die brennenden Kerzen, Mich geht zu ihm, stellt den Guglhupf ab.

JAKOB: Christkindl?

MICH: Na, des Christkindl kommt erst. Weihnachten kommt erst. Du hast heut Geburtstag, Jakob!

JAKOB: Was hab i?

MICH: Geburtstag! Genau vor 25 Jahr bist du auf die Welt kommen!

JAKOB: Bin i auf die Welt kommen?

MICH: Ja! I hab im Taufbuch nachgschaut! I wünsch dir alles Gute, Jakob! *(Reicht ihm die Hand hin.)* Gsund bleiben!

Jakob steht auf, nimmt die Hand, drückt sie ganz fest.

MICH: Und jetzt muaßt die Kerzen ausblasen!

JAKOB: Ausblasen?

MICH: Ja, ausblasen!

Jakob bläst die Kerzen aus, Mich nimmt das Messer, schneidet ein großes Stück vom Guglhupf ab. Jakob setzt sich.

MICH: Des is a Guglhupf.

JAKOB: Guglhupf?

MICH: Ja, Guglhupf! *(Reicht ihm das Stück.)* Da, laß dir's schmecken!

JAKOB: Guglhupf! *(Lacht, läßt das Stück auf seinem Handteller hüpfen.)* Guglhupfhupf!

MICH: *(lacht)* Ja!

Jakob beißt ab.

MICH: Guat?

JAKOB: Ganz guat! Guglhupfhupf!

Jakob ißt, trinkt vom Kakao, Mich geht zum Rucksack, holt ein in Cellophan verpacktes weißes Hemd heraus, legt es vor Jakob hin, setzt sich. Jakob starrt entgeistert auf das Hemd, schaut Mich an.

MICH: Des is für di.

JAKOB: Na!

MICH: Freilich!

Jakob nimmt das Hemd, schaut es an.

JAKOB: Gott vergelts, Dati!

MICH: Is scho recht!

JAKOB: Des ziach i an, wenn ma ins Schloß gehn!

MICH: Was? – Ah so! Die Kirchen is des, Mandl!

JAKOB: Da wern sie schaun! Jetzt hab i a so a Hemd! Muaß i aber aufpassen! Nit anpatzen!

MICH: Ja, muaßt aufpassen. *(Trinkt vom Kakao, wärmt sich die Hände an der Schale.)* Ah, des tuat guat, so a hoaßer Kakao! Mei Liaber, heut hats wieder a Kälten draußen!

JAKOB: *(ißt vom Kuchen)* Ja, Kälten!

MICH: Der alte Staudinger, dein Großvater, der hat bei so an Wetter immer gsagt: „Des is a Wetter für meine Knecht, tuan sie nix, derfriern sie recht!"

JAKOB: *(lacht)* Derfrieren sie recht!

MICH: Ja! Mei, war des a Geizkragen! Damals ham sie sich ja noch a paar Dienstboten leisten können. Aber ausgnutzt hat er sie, der Alte, wia's nur gangen is! Der hat ihnen nit amal die Magermilch vergönnt! Und in der Fruah ham s' im Stockdunkeln melken müaßen, damits ja koan Strom verbrauchen! *(Holt seine Taschenuhr hervor, schaut darauf.)* So, und jetzt kommt glei die Überraschung!

JAKOB: *(verblüfft)* Kommt no was?

MICH: Ja! *(Beugt sich zum Radio, schaltet es ein, man hört Volksmusik.)* Da kommt jetzt glei des Wunschkonzert, woaßt.

JAKOB: Wunschkonzert?

MICH: Ja. Und da bist du dabei.

JAKOB: Bin i dabei?

MICH: So is es. *(Schaut in Jakobs Schale.)* Ah, du hast scho austrunken! *(Nimmt die Schale, geht damit zum Herd, schenkt aus dem Topf nach, bringt die Schale zurück, sein Blick fällt auf den Abreißkalender.)* Ah, 's Kalenderblattl hast ma heut no nit vorglesen! *(Reißt es ab, stellt Jakob die Schale hin, reicht ihm das Kalenderblatt, setzt sich.)* Bin i spannt, was wieder drin steht!

JAKOB: Bin i a gspannt! *(Liest recht gut:)* Vorweihnachtszeit. Von drauß vom Walde komm ich her, ich muß euch sagen, es weihnachtet sehr. Allüberall auf den Tannenspitzen sah ich goldne Lichtlein sitzen. Von Theodor Storm.

MICH: Bravo! Guat hast glesen!

JAKOB: *(schaut auf das Blatt)* Lichtlein sitzen?

MICH: *(schaut auch auf das Blatt)* Ja, steht da.

JAKOB: Lichtlein?

MICH: Na ja, stimmen tuats grad nit. Da tuan koane goldnen Lichtlein sitzen, auf die Bäum. Da müßt ma ja erst welche anzünden, Lichter, verstehst? Aber des is halt a Dichtung, des is von an Dichter.

JAKOB: Des is von an Dichter?

MICH: Ja, von an Dichter. Woaßt, des is oaner, der Büacher schreibt. So wia unser Märchenbuach. An Dichter hoaßt ma des. Und der sieht Liachteln, wo gar koane san.

JAKOB: *(schaut Mich enttäuscht an)* Koane Liachteln?

MICH: Na, koane Liachteln. Des hat er sich nur einbildet, der Dichter.

JAKOB: Wär aber schön, Liachteln auf die Bäum!

MICH: Ja, freilich wärs schön. Aber zu Weihnachten kriagst dann eh an schönen Christbaum, mit Kerzen drauf, gell! *(Leiser, weil ihm einfällt, daß ihre Zweisamkeit bald gestört sein wird:)* Wenn dei Muatter einverstanden is …

In seine letzten Worte hinein hört man die Kennmelodie der Wunschkonzertsendung.

RADIOSPRECHER: Sie hören das Wunschkonzert.

Wieder Kennmelodie.

MICH: Ah, es geht los! Jetzt muaßt guat zualosen, Mandl!

JAKOB: Jetzt los i zua!

Mich dreht das Radio lauter.

RADIOSPRECHERIN: Liebe Hörerinnen und Hörer, liebe Wunschkonzertfreunde, mit einem recht herzlichen Grüß Gott heiße ich Sie in unserer heutigen Grußsendung willkommen. Vor mir liegt schon die dickgefüllte Wunschpostmappe, und ich freue mich, daß ich viele liebe Grüße und gute Wünsche in alle Richtungen weiterleiten darf.

MICH: Aha, hörst es?

Mich schneidet Jakob noch ein Stück Kuchen ab, gibt es ihm.

RADIOSPRECHERIN: Wir rufen jetzt in Rosenheim, Bachstraße 21, Frau Traudl Kohlberger. Liebe Traudl, zu deinem 75. Geburtstag wünschen dir das Allerbeste dein Franzl, deine vier Kinder Anton, Georg, Rupert und Renate sowie die neun Enkelkinder und sieben Urenkel. Unsere nächste Station haben wir in Garmisch bei Herrn Willi Stadler. Lieber Willi, deine Gattin Gisela, deine Tochter Berta mit Gatte und der kleine Lausbub Niki wünschen dir alles Gute zu deinem 63. Geburtstag. Gönne dir etwas mehr Ruhe, damit dir dein Pfeiferl wieder besser schmeckt. Sie hören nun das „Ave Maria" von Franz Schubert. *(Musik erklingt.)*

MICH: Ah, da warst du no nit dabei.

JAKOB: War i no nit dabei?

MICH: Na. Hoffentlich ham s' es nit vergessen.

JAKOB: *(lacht)* Damit dir dein Pfeiferl wieder besser schmeckt! Hat sie gsagt!

MICH: Ja. I wer ma a oans anzünden.

Mich stopft die Pfeife, zündet sie dann an. Jakob lauscht auf die Musik, plötzlich fällt ihm etwas ein.

JAKOB: Du, Dati!

MICH: Ja?

JAKOB: Heut hab i was gsehn.

MICH: Was denn?

JAKOB: Hab i mi gar nit auskennt.

MICH: Mit was?

JAKOB: Wia i die Milch gholt hab, vom Grabner.

MICH: Ja?

JAKOB: Is koaner in der Kuchl gewesen. Hab i gruafen und überall einigschaut. Die ham so a Zimmer, wo des Wasser von oben daherkommt …

MICH: Wia?

JAKOB: Wo ma si wascht. Wasser von oben.

MICH: Ah, die Duschen!

JAKOB: Ah ja, Duschen hoaßt ma des. Hab i einigschaut. Is da a Dirndl gwesen.

MICH: Die kloane Grabner-Maria?

Lied aus.

RADIOSPRECHERIN: Mit der nächsten Grußbotschaft gelangen wir …

MICH: Ah, es geht wieder weiter! Derzähl ma des nachher, Mandl!

RADIOSPRECHERIN: … nach Weilheim in das dortige Altenheim zu Frau Friederike Haider. Liebe Mutter, zu deinem 85. Wiegenfeste wünschen dir das Beste deine Kinder Peter und Heidi samt Enkeln und Urenkeln sowie auch die Nichten Hanni und Ottilie.

MICH: Immer no nit.

RADIOSPRECHERIN: Weiter geht es nach Reithausen zu Herrn Jakob Staudinger.

Jakob schaut verblüfft auf das Radio.

MICH: Des bist jetzt du! *(Dreht lauter.)*

RADIOSPRECHERIN: Lieber Jakob, viel Glück und Gesundheit zu deinem 25. Geburtstag und alles, alles Gute für deinen weiteren Lebensweg wünscht dir dein Dati Plattl-Mich. Und wir bringen nun das Lied „La Montanara“, dargeboten vom Trentiner Bergsteigerchor. *(Musik.)*

MICH: Hörst des? Hörst des? Des is jetzt für di!

JAKOB: *(lauscht eine Weile, dann)* Die ham mein Namen gsagt! Jakob Staudinger! Des bin i!

MICH: *(lächelt)* Ja! Des bist du!

77. VOR DER BARACKE. – *Es ist mittlerweile ganz dunkel geworden. Ein Allrad-Kombi rast auf die Baracke zu, hält schleudernd an. Heraus springen Lois (hat gelenkt) und Adi. Lois macht die hintere Tür auf, holt eine Axt hervor.*

78. WOHNUNG MICH/BLICK HINAUS. – *Jakob und Mich lauschen dem Lied, Jakob ist ganz entrückt, Mich lächelt, freut sich. Die Tür wird aufgerissen, Lois und Adi kommen herein, Mich und Jakob schauen erschreckt hin. Lois geht schnell zu Jakob, reißt ihn hinter dem Tisch hervor, will ihn zur Tür schleifen, Mich springt auf, wirft sich dazwischen, Adi reißt Mich zurück, draußen hört man die Sirene eines Polizeiautos sich nähern, Adi schaut hinaus, wir sehen das Polizeiauto herankommen und anhalten.*

ADI: Scheiße, die Polizei!

Adi hält sich ab sofort heraus, Mich geht wieder auf Lois los, will ihm die Axt entwinden, Jakob kann sich losreißen, verkriecht sich unter dem Tisch, Lois stößt Mich weg, schlägt mit der Axt unter den Tisch, Jakob weicht zurück. Lois packt den Tisch, wirft ihn beiseite (dadurch fällt auch das Radio zu Boden und verstummt), schaut auf den verängstigten Jakob, hebt die Axt. Die Tür geht auf, zwei Polizisten kommen herein, unter anderem der, den wir kennen. Die Polizisten stürzen sich sofort auf Lois, entwinden ihm die Axt, der uns bekannte Polizist zwingt ihn mit Polizeigriff auf die Knie.

POLIZIST: Gib a Ruah jetzt! Hast ghört? Hast ghört, Lois!?

Lois gibt scheinbar nach, der Polizist läßt ihn los, Lois greift sofort wieder nach der Axt, die Polizisten nehmen ihn wieder in die Mangel.

POLIZIST: Hör auf, Lois! Sonst leg i dir Handschellen an!

LOIS: Den bring i um! Des Schwein bring i um!

Mich setzt sich schweratmend hin.

MICH: I tät gern wissen, was los is! Vielleicht sagt mir des jemand!

ADI: A Sexualverbrecher is er, dei Bua! A Kinderschänder! *(Zum Polizisten:)* I habs euch doch immer gsagt! Hab i's nit gsagt? Aber na, auf mi hört ja koaner! I kriag höchstens Lokalverbot!

MICH: *(zum Polizisten)* Sag ma du bittschön, was los is!

POLIZIST: *(deutet auf Lois)* Sei Tochter hat er anscheinend abgriffen.

MICH: Was? *(Schaut Jakob an, der verängstigt unter der Bank kauert.)* Was hast du gmacht? *(Zornig:)* Ja, red schon, fix nochamal!

JAKOB: *(fassungslos, hat kein schlechtes Gewissen)* Hab i nur gschaut!

ADI: Jaja, freilich! Nur gschaut hat er, des Schwein!

MICH: *(ungeduldig zu Jakob)* Was?

JAKOB: Weil de so komisch ausgschaut hat, zwischen die Füaß! De hat da nix ghabt! Hab i halt nachgschaut, nit? Zerst hat s' mi eh schaun lassen, hat eh nit greart!

MICH: Und? Dann?

JAKOB: Nachher hab i ihr halt zoagt, was i hab, nit? Nachher is sie davonglaufen!

MICH: Aber des tuat ma doch nit, Jakob!

JAKOB: Tuat ma nit?

MICH: Na, des tuat ma nit!

JAKOB: Warum nit?

Mich steht verzweifelt auf.

LOIS: *(zu Mich)* I hab immer zu euch ghalten! Stimmt des nit?

MICH: Doch, des stimmt.

LOIS: Und dann sowas! Ausgerechnet mir! Mit meiner Tochter! Des is der Dank!

ADI: I habs euch ja gsagt! I habs euch ja immer gsagt! Der ghört doch scho längst ins Narrenhaus!

LOIS: Ja, sonst no was! Des kenn ma schon! Nach zwoa Jahr is er wieder draußen! Und vergreift sich am nächsten Kind!

Lois reißt sich los, greift nach der Axt, die Polizisten wollen sie ihm wieder wegnehmen, er weicht zurück, erhebt sie drohend gegen sie.

POLIZIST: Geh, Lois, i bitt di, des hat doch koan Sinn! Willst uns derschlagen, oder was?

LOIS: Wenn du mei Freund bist, dann gehst du jetzt mit deim Kollegen da außi *(deutet zur Tür)* und laßt mi die Sach erledigen.

POLIZIST: Des geht nit, Lois, des kann i nit machen.

Lois geht langsam rückwärts in Richtung Jakob, bückt sich, greift nach ihm, packt ihn am Kragen, will ihn herausziehen. Der zweite Polizist schaut hilflos seinen Kollegen an, der erste Polizist holt aufseufzend seine Pistole hervor, richtet sie auf Lois. Mich tritt vor Lois hin.

MICH: *(flehend)* Lois! Derschlag mi, wenn dir danach is! Der Bua kann doch –

Lois stößt Mich mit der stumpfen Seite der Axt weg, dieser stolpert, fällt rücklings gegen die Holzbank, schlägt mit dem Kopf an die Kante, fällt zu Boden, rührt sich nicht mehr. Lois schaut er-

schrocken, Jakob ebenfalls, der Polizist geht zu Mich, kniet sich nieder, schaut Mich an, hält ihm die Finger an die Halsschlagader.

POLIZIST: *(zu Lois)* So, jetzt hast es gschafft, Lois!

Lois läßt Jakob los, der Polizist geht zu ihm, nimmt ihm die Axt aus der Hand, Lois läßt es geschehen. Jakob kriecht zu Mich, schaut ihn an.

JAKOB: Dati! Tuast du jetzt schlafen? Ha? *(Zu den anderen:)* Müad is er.

ADI: Hin is er! Tot is er! Und du bist schuld!

POLIZIST: *(wütend)* Halt endlich amal dei dreckiges Maul, Adi!

JAKOB: *(schaut den Polizisten an)* Tot is er?

POLIZIST: Ja.

JAKOB: *(schaut Mich an)* Des mag i aber nit.

POLIZIST: *(geht zu Jakob)* I muaß di jetzt mitnehmen, Jakob.

JAKOB: Wohin?

LOIS: Ins Narrenhaus! Aber merk dir: I wart auf di, wenn du wieder außerkommst!

Die Tür geht auf, Waltraud und der Afrikaner kommen herein. Waltraud hat sich nun verändert, schaut nicht mehr verbittert aus, hat eine andere Frisur, hat sich auch – wie sie meint – schöner, moderner, jugendlicher angezogen, ist sogar leicht geschminkt. Auch der Afrikaner ist jetzt gut angezogen, wurde von Waltraud eingekleidet. Sie haben ein Verhältnis miteinander. Waltraud ist gut gelaunt und hält ein Geschenkspaket für Jakob in der Hand.

WALTRAUD: *(fröhlich)* Na, wo is mei Geburtstagskind?

Erst jetzt überblickt Waltraud die Situation, sieht den toten Mich, schaut erschrocken auf ihn, schaut die Polizisten an. Jakob rennt plötzlich an Waltraud und dem Afrikaner vorbei hinaus.

POLIZIST: Jakob!

Die zwei Polizisten, Adi und Lois nehmen sofort die Verfolgung auf, Waltraud und der Afrikaner schauen ihnen verwirrt nach, dann wieder auf Mich.

79. VOR DER BARACKE. – *Der Allrad-Kombi, das Polizeiauto, der Opel von Waltraud stehen da. Die zwei Polizisten, Adi und Lois kommen aus der Baracke gelaufen, schauen sich um. Jakob ist nicht zu sehen. Die Polizisten holen Taschenlampen aus dem*

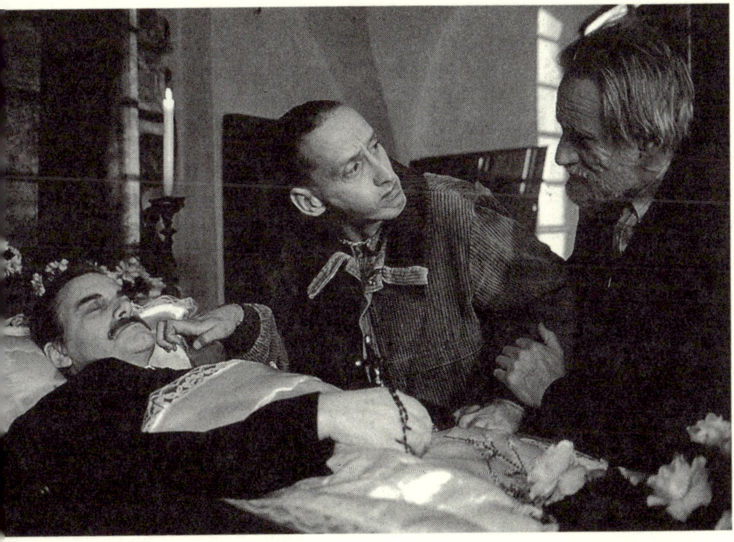

Abschied vom toten Vater.

Mich: "Lois! Derschlag mi, wenn dir danach is! Der Bua kann doch nix dafür!"

Auto (der erste Polizist legt dabei die Axt von Lois hinein), alle vier laufen auseinander, schauen nach Spuren im Schnee. Waltraud und der Afrikaner kommen nun auch aus der Baracke, schauen zu den Lichtern, die in der Dunkelheit herumirren. Die Polizisten und Adi kommen wieder zurück.

POLIZIST: Es hilft nix, da brauchts a Suchkommando!

ADI: Aber mit Hund!

Die Polizisten steigen ein und fahren mit Blaulicht weg. Lois kommt zurück.

ADI: Komm, Lois, tua weiter! Mir stellen a Suchkommando auf!

Lois und Adi steigen in das Auto von Lois, das Auto rast davon.

WALTRAUD: *(schaut sich um)* Jakob! Jakob! Jakob!

Sie gibt auf, geht deprimiert zum Auto, steigt ein. Der Afrikaner schaut zur Baracke zurück, sieht plötzlich Jakob hinter dem Bretterstoß hervorlugen. Jakob erstarrt vor Schreck, der Afrikaner schaut ihn ruhig an, wendet sich ab, steigt auch ins Auto, fährt weg. Jakob schaut dem Auto nach, kriecht dann hinter dem Bretterstoß hervor, geht in die Baracke.

80. WOHNUNG MICH. – *Jakob kommt herein, schließt die Tür, schaut zu Mich, geht zu ihm, kniet sich hin, schaut Mich an, birgt die kalten Hände unter den Achselhöhlen, beginnt mit dem Oberkörper zu wippen.*

81. FUSSGÄNGERBRÜCKE ÜBER DER AUTOBAHN. – *Nacht. Jakob zieht den Heuschlitten über die Brücke, die wir schon kennen. Auf dem Schlitten liegt der tote Mich. Unten braust der Verkehr vorbei.*

82. HÜGELKAMM. – *Derselbe Hügelkamm wie im letzten Spätsommer. Aus derselben Entfernung sehen wir die Silhouetten von Jakob und den Schlitten, den er über den Kamm zieht.*

83. WALDRAND. – *Zehn Polizisten (darunter die zwei uns bekannten), sechs Feuerwehrleute sowie Waltraud, der Afrikaner, Adi, Lois, der Bruder von Hans und sein Sohn Seppi gehen in einer auseinandergezogenen Kette vom Feld her kommend auf den Wald zu. Zwei der Polizisten haben Hunde, alle tragen Taschenlampen oder Fackeln. Die Hunde bellen.*

84. BAUM AUF HÜGEL. – *Derselbe Baum wie im Spätsommer, als Mich dem Jakob ein Pfeiferl schnitzte. Es schneit. In der Nähe der Schlitten. Unter dem Baum liegt der tote Mich, wird langsam von Schnee bedeckt. Jakob sitzt neben ihm, hat das Pfeiferl in der Hand, bläst darauf ein paar Töne, schaut dann hinauf zur blattlosen Baumkrone, dann zu Mich, dann vor sich hin.*

JAKOB: *(tröstlich)* Kommt der Frühling. Fangt alles wieder an.

Jakob legt sich neben Mich hin, kauert sich zusammen, nimmt die Hand von Mich. In der Ferne hört man die Polizeihunde bellen.

85. BAUM AUF HÜGEL (TOTALE). – *Wir sehen aus größerer Entfernung die schöne Silhouette des Baumes.*

Das Drehbuch „Kein Platz für Idioten“ wurde 1993 im Auftrag des ZDF von der MODERN MEDIA Filmproduktion GmbH in München verfilmt.
Erstsendung: 24. April 1994, ZDF

DIE PERSONEN UND IHRE DARSTELLER

Jakob	Gilbert von Sohlern
Plattl-Mich	Felix Johannes Thanheiser
Waltraud	Monika Baumgartner
Hans	Peter Simonischek
Seppi	Gerald Forstmeier
Adi	Kurt Weinzierl
Lois	Hans Meilhamer
Bürgermeister	Toni Berger
Polizist	Georg Einerdinger
Afrikaner	Nazalre Tevi

STABLISTE

Architekt	Gerd Krauss
Drehbühne	Ernst Lenk Sebastian Bauer
Requisite	Ralf Habermann Rolf Siegert
Kostüm	Anastasia Kurz
Garderobe	Claudia Petri
Maske	Rainer Kraubs
Standfotos	Erika Hauri
Licht	Michael Koudelka Holger Clausen Louis Pranis Reinhold Tlacker
Ton	Johannes von Mikusch Anton Frieß
Aufnahmeleitung	Dag Treimer Claude Friesenhausen Niklas Kurtenbach
Regieassistenz	Franziska Wessling
Continuity	Brigitta Nübel

Schnitt	Jutta Brandstaedter Gabi Seyfried
Musik	Prof. Wolfgang Pillinger
Kamera	Wolfgang Treu, BVK
Kameraassistenz	Hartmut Zingel, BVK
Produktionsleitung	Dieter Urban
Produktionsbüro	Frank Müller
Filmgeschäftsführung	Margit Prenzel
Redaktion	Dr. Herbert Knopp (ZDF)
Buch	Felix Mitterer
Regie	Gedeon Kovacs

Felix Mitterers Stückeausgabe in drei Bänden:

Druckausgabe in drei Bänden der bis 1998 aufgeführten Bühnenwerke des Tiroler Dramatikers, mit Fotos verschiedener Inszenierungen. Felix Mitterer schrieb ein kurzes Statement zu jedem Stück. Der zweite Band enthält außerdem eine ausführliche Autobiografie, die vor allem Kindheit, Jugend und den Werdegang des jungen Autors darstellt und wichtige Informationen und Aussagen zum Verständnis des Gesamtwerks bietet.

STÜCKE 1

enthält „Kein Platz für Idioten", „Stigma", „Heim", „Besuchszeit", „Drachendurst", „Die wilde Frau" und „Kein schöner Land".

15,5 x 23,5 cm, Hardcover mit Schutzumschlag,
368 Seiten Text und 48 Bildseiten,
ISBN 3-85218-107-0

STÜCKE 2

enthält „Verlorene Heimat", „Die Kinder des Teufels", „Sibirien", „Munde", „Ein Jedermann", Autobiografie.

15,5 x 23,5 cm, Hardcover mit Schutzumschlag,
368 Seiten Text, 32 Bildseiten,
ISBN 3-85218-108-9

STÜCKE 3

enthält „Das wunderbare Schicksal", „Abraham", „Krach im Hause Gott", „Fest der Krokodile", „In der Löwengrube", „Die Frau im Auto", „Die drei Teufel".

15,5 x 23,5 cm, Hardcover mit Schutzumschlag,
400 Seiten Text und 24 Bildseiten, zum Teil in Farbe
ISBN 3-85218-354-5

Lieferbare Einzeltitel von Felix Mitterer:

KEIN PLATZ FÜR IDIOTEN.
Das Stück und die Fernsehfassung

SIBIRIEN. Ein Monolog

DIE WILDE FRAU. Theaterstück

DAS WUNDERBARE SCHICKSAL.
Aus dem Leben des Hoftyrolers Peter Prosch.
Ein Theaterstück und sein historischer Hintergrund

KRACH IM HAUSE GOTT. Ein modernes Mysterienspiel

IN DER LÖWENGRUBE.
Ein Theaterstück und sein historischer Hintergrund

DIE FRAU IM AUTO. Theaterstück

TÖDLICHE SÜNDEN. Sieben Einakter

GAISMAIR.
Ein Theaterstück und sein historischer Hintergrund

JOHANNA ODER DIE ERFINDUNG DER NATION.
Theaterstück

MEIN UNGEHEUER. Ein Zwei-Personen-Stück. Hörbuch

ALLE FÜR DIE MAFIA.
Komödie einer Manipulation.
Drehbuch für den Fernseh-Film (mit Bildern)

VERKAUFTE HEIMAT – BOMBENJAHRE.
Eine Südtiroler Familiensaga 1959 bis 1969.
Drehbuch für den Fernseh-Film (mit Bildern)

AN DEN RAND DES DORFES. Erzählungen